KB265264

우리 결혼,
음악이 되자

우리 결군, 음악이 되자

— DJ Ultra의 시와 대중음악

장석원 음악에세이

작가

　노래였던 시가, 시였던 노래가, 한 몸의 두 존재였던 것이 찢어져서 제 몸의 일부를 되찾으려고 한다. 한 몸이었기 때문에 시는 노래를 그리워하고, 노래는 시를 그리워한다. 그것이 운명이기에 헤어진 연인을 찾아 끝없이 떠돌아야 한다면 어떻게 해야 하는가. 시는 노래가 되어야 하는가. 노래는 시가 되어야 하는가. 자신의 존재를 바꾸어 다른 존재가 되어야 하는가.

　시와 노래의 행복한 만남을 목격하기란 쉽지 않다. 노래와 시가 서로를 배척하는 존재가 아니기 때문에 시와 노래의 결합을 쉽게 받아들일 수 있지만, 그것의 실현을 구체적으로 체험하기란 어렵다. 시를 위한 노래를 듣는다 해도, 노래를 위한 시를 읽는다 해도 시와 노래의 아름다운 합일이라고 쉽게 단정하지 못하는 이유는 무엇일까.

　시와 노래의 경계선은 완강한 듯하다. 시는 언어 예술이지만 태생적으로 음악의 요소를 품고 있다. 노래는 소리 예술이지만 그것이 사람들에게 불릴 때에는 언어의 도움을 받아야 한다. 가사가 입에서 입으로 선율과 리듬을 실어나른다. 언어로 만든 시는 소리들의 조화로운 질서를 내포한다. 그럼에도 불구하고 시와 노래는 읽는 행위와 부르는 행위가 다르듯이 문

자와 소리라는 이중의 경계에 의해 분할될 수밖에 없다. 절단된 시와 노래를 억지로 붙일 수는 없다. 시와 노래는 각각이 고유한 질서에 의해 작동되는 별개의 예술 장르이기 때문이다. 선명한 경계, 넘어설 수 없는 분단선 앞에서 시와 노래의 행복한 공존을 생각한다.

시의 실체를 정확하게 파악할 수 없을 때에도 '시적인' 이라는 형용어를 사용하는 경우가 많다. 많은 사람들이 동의할 수 있는 시적인 노래에는 무엇이 있을까. 우리가 동의하는 시적인 노래의 '시적인 것' 은 무엇을 지칭할까. 문제는 '시적이다' 이다. 시적인 것을 정의 내리기란 쉬운 일이 아니다. 개념 규정이 어려울 뿐만 아니라, 그것에 대한 합의의 어려움이 더해져 시적인 것의 경계는 희미하기도 하고 너무 넓은 영역을 지칭하는 용어로 산포되기도 한다. '시적인 분위기' 가 시의 실체를 정확히 지시할 수 없는 말이라면, 이 용어는 또한 '시적인 것' 의 실체를 설명할 수 없는 용어가 될 것이다. '시적인 것' 앞에서 막연함을 느끼게 되는 이유가 여기에 있다.

기존의 사고, 관습화된 언어, 상투적인 감각을 전복시켜 새로운 인식의 세계로 이끌어가는 그 어떤 것, 시적인 것들이 지니고 있는 공통 항목 중에서 가장 중요한 것은 새로움이다. 김수영의 다음 글을 보자.

우리의 생활현실이 담겨있느냐 아니냐의 기준도, 진정한 난해시냐 가짜 난해시냐의 기준도 이 새로움이 있느냐 없느냐에서 결정되는 것이다. 새로움은 자유다, 자유는 새로움이다.

—「生活現實과 詩」 중에서

시인의 작품이 세계를 풍부하게 할 수 있는가의 여부는 그 상상이 얼마나 새로운가에 달려 있다. 김수영에게 시의 가장 중요한 판단 기준은 새로움이다. 시는 우리를 새로운 인식으로 인도한다. 시인의 언어에 의해 세계는 결합되기도 하고 해체되기도 한다. 시인의 언어가, 없는 세계를 창조하고 있는 세계를 파괴시킨다. 시인은 철학자이기도 하고, 정신분석가이기도 하고, 음악가이기도 하다. 시인의 시 속에는 음악과 미술과 철학과 종교와 과학이 있다. 이 모든 시적인 창조의 핵심에 자리잡은 새로움.

새로움은 우리에게 일상의 익숙함에서 벗어나라고 요구한다. 새로움의 가치를 획득한 모든 것들을 '시적인 것'이라고 불러도 무방하다. 새로운 인식은 새로운 존재를 만들어낸다. 경이와 불안을 동시에 느끼면서 새로워진 존재는 새로운 세계를 자신의 경험으로 흡수하고, 새로운 언어로 자신을 표현하고자 한다. 그것은 창조의 쾌락으로 주체를 초대한다. 동시에 준열한 고통을 받아들이라고 명령한다. 주체는 이 과정에서 끝없이 결단을 강요받는다. 무엇을 할 것인가. 나는 누구인가. 지금, 여기에 나는 왜 존재하는가. 이런 철학적 물음 앞에서 시적인 체험의 가치를 따져보는 일은 소중하다. 왜냐하면 이 모든 과정의 주체인 '나'는 '지금, 여기'의 유일자이기 때문이다.

시와 노래를 바라보는 동시적 관점이 존재한다면, 그것은 '시적인 것'이다. '시적인 것'은 새로움이다. 시는 노래에 의해 새로워지고, 노래는 '시적인 것'에 의해 새로워진다. 시와 노래의 통합 불가능성 앞에서 찾을 수 있는 대안이 바로 이것이다. 한 몸이었다가 분리된 시와 노래가 다시 결합할 가능성은 시가 노래가 되고, 노래가 시가 되는 방법에 있지 않다. 시와 노래라는 일란성 쌍둥이의 부모는 시적인 것이다. 시적인 것, 그것은 시도 아니고 노래도 아니다. 노래로 불리던 시가 노래를 잃어버렸다. 원래 시였던 노래가 시를 상실했다. 시에서 노래를, 노래에서 시를 찾아야 한다. 이것이 어렵다면 시와 노래가 함께 기거하는 새로운 집을 찾아야 한다. 노래가 된 시, 시를 품은 노래가 '나'와 '너'를 기다린다. 시적인 것을 매개로 시는 노래를 찾고, 노래는 시를 찾는 길, 그 순례의 여정을 시작한다.

시와 다른 예술 장르의 교섭 양상 가운데 대중음악은 말 그대로 대중성이라는 측면에서 중요한 의의를 지닌다. 대중들이 쉽고 빠르게 시를 접할 수 있는 방법, 많은 사람들이 쉽게 시를 향유할 수 있는 방법이기 때문에 대중음악과 시의 만남은 확대되고 있다. 대중음악의 다양한 장르와 끊임없이 변화하는 속성 때문에 시와 대중음악이 혼종적 양상을 펼쳐 보일 가능성은 매우 높다. 대부분의 대중음악이 가사를 필요로 한다는 점에서 문학과의 친연성은 높다고 하겠다. 새로운 개성을 지닌 작품이 나올 때마다 다양한 서브장르로 분화되는 대중음악은 그 변화 양상의 다채로움과 속도 때문에, 그 어떤 예술 장르보다 빠르게 유동한다. 시는 다른 어떤 예술 장르보다도 날카로운 의식의 첨단에서 작동된다. 모든 시인들은 최초이자 최후의 인간으로, 언어를 이용하여 정신의 급소를 찌르는 유일한 인간으로 남기를 갈망한다. 이런 시인들에게 대중음악은 속된 예술이 될 수 없다.

대중음악은 저급한 음악이 아니다. 대중음악은 독자적인 예술성을 지니고 있다. 시라는 고급 예술이 대중음악과 교섭할 수 없다는 금기는 깨졌다. 가수가 시를 대중들이 사랑하는 노래로 만들고, 시대의 정서를 표현하는 대중음악을 시인이 시로 쓴다고 해서 두 장르가 서로의 독립성을 상실할 것 같지는 않다. 고조선의 「공무도하가」를 세련된 발라드로 부르는 가수 이상은과 트롯 「굳세어라 금순아」와 록 음악 「호텔 캘리포니아」를 시로 만든 시인 최정례는 모두가 예술가이다. 시가 넓어지고 깊어질 수 있는 여러 방법의 하나로 대중음악과의 혼종을, 대중음악이 진정한 예술이 될 수 있는 방법으로 시와의 혼종을 추구하는 일은 더욱 확대되어야 한다.

문학과 철학 텍스트를 대중음악으로 소화한 1970년대 유럽의 아트 록을 예로 들지 않더라도 시와 대중음악의 혼종적 교섭 양상은 뚜렷한 진행형임에 분명하다. 시인이면서 노래를 불렀던 Doors의 Jim Morrison, Rush의 Neil Peart, 영국의 전위적 아트 록 밴드 King Crimson의 작사가였던 시인

Peter Sinfield 그리고 노벨문학상 후보에 오른 포크 싱어 Bob Dylan까지 우리는 노래하는 시인들을 곁에 두고 있다. 시인은 시를 쓰고, 가수는 노래를 부른다. 시인의 시가 노래가 되고, 노래가 시가 되는 행복한 결합은 더 이상 희한한 경험이 아니다. '시적인 것'을 예술의 본질이라고 할 수 있다면, 시와 대중 예술의 혼종 또한 시적인 것의 본질에 닿는 과정이다.

　대중음악에 대한 찬양이나 시에 대한 절대적 가치 부여는 이 책의 의도에서 벗어난다. 대중음악과 시가 만나 새로운 시, 새로운 음악이 된다면, 그래서 더 넓고 깊은 텍스트가 되어 더 많은 사람들에게 다가갈 수 있기를 바랄 뿐이다. 좋은 시와 좋은 노래는 상통한다. 시가 현대성을 회복할 수 있는 한 가지 방법으로 나는 대중음악의 다양성, 그 안에서 시도되고 있는 헤아릴 수 없는 혼종적 특성을 주목한다. 다른 것과 결합하여 미시적인 새로움을 창조해내는 대중음악의 운동성은 시의 활력이 될 수 있다. 더불어 시의 고차원적인 비유와 보편 정서는 대중음악에 고전古典의 위의를 부여할 것이다. 시와 대중음악의 만남은 근원을 회복하기 위한 근본적인 또한 급진적인 시도이다.

목차

머리말

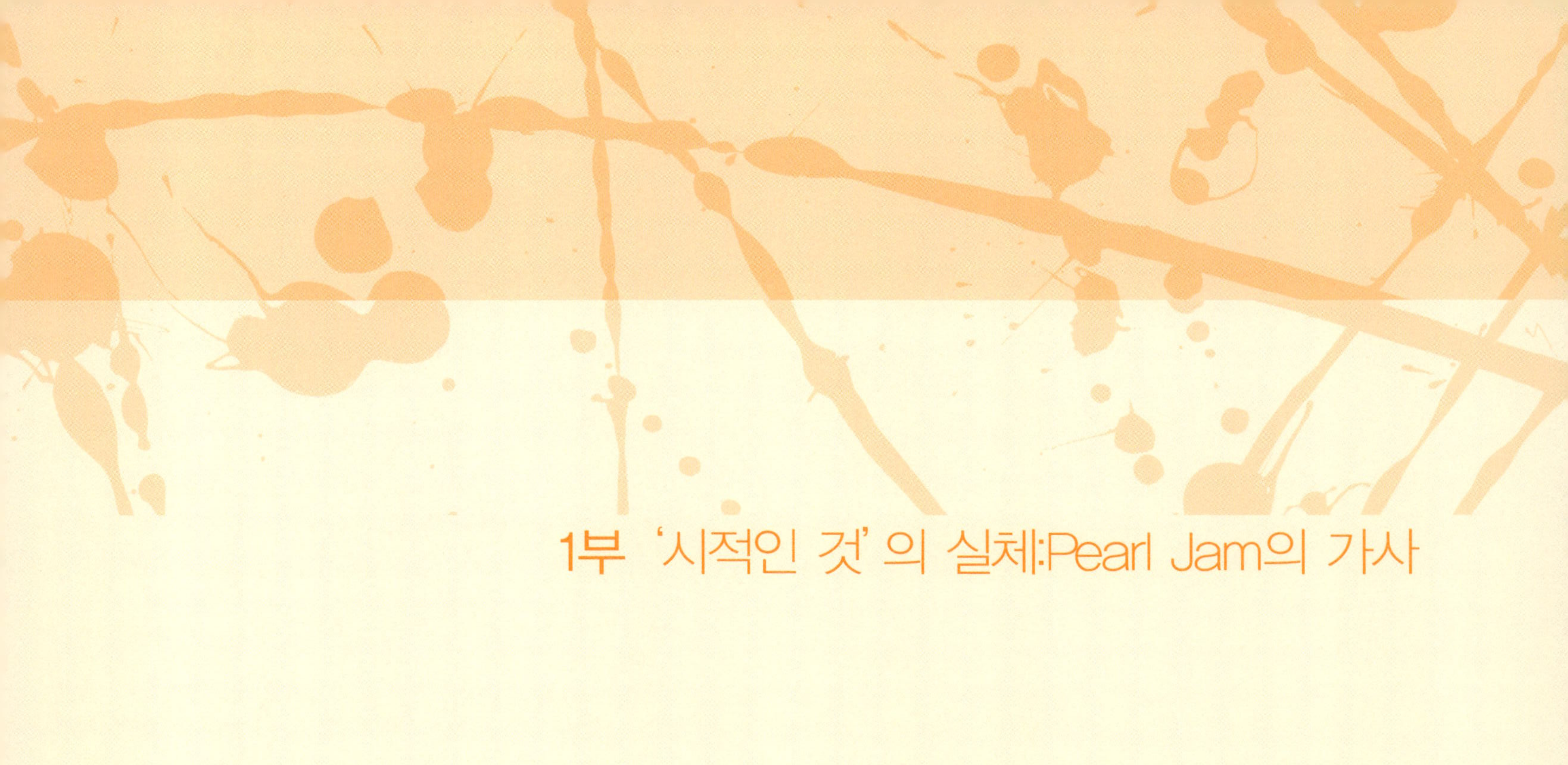
1부 '시적인 것'의 실체:Pearl Jam의 가사

'시적인 것'의 실체 : Pearl Jam의 가사

새로움을 창조해내는 비유

대중음악의 가사를 살피다 보면 놀랄 때가 많다. 시보다 더 시적인 것, 시보다 더 아름다운 것을 발견하는 경우가 종종 있기 때문이다. 그것들은 비유로 이루어진 문학 텍스트이며, 삶의 진실과 사랑이 충만한 예술 작품이기도 하다. 잘 씌어진 노래 가사는 훌륭한 시이다. 시집 속의 시가 아닌 노래 속의 시를 발견하는 기쁨, 그것은 새로운 시를 찾는 과정이면서 시의 영역을 확장시키는 의미 있는 일이기도 하다.

나는 사로잡히지 않을 거야, 나는 갈 거야…… 내 손을 묶은 채 / 나는 걸어갈 거야…… 얼굴에 흐르는 피를 닦지 않은 채 / 나는 걸어갈 거야…… 내 그림자 깃발과 함께 / 너의 정원으로, 돌의 정원으로

Pearl Jam의 데뷔 앨범 『Ten』에 실려 있는 「Garden」의 가사 일부이

Pearl Jam 『Ten』 커버

다 . 이 노 래 의 가 사 중 에 서 'shadow flag'는 어떻게 해석해야 하는가. 두 단어를 한국어로 옮기면 '그림자 깃발'이다. 그림자 깃발을 본 적 있는가. 그림자가 깃발처럼 흩날리는 광경을 나는 보지 못했다. 그림자 깃발을 상상해보자. 그림자와 깃발이 병치되어 새로운 의미를 만들어내는 과정, 그것은 논리를 뛰어넘어 의미의 새로움을 창조해내는 비유의 일례가 된다.

한강에 나간다. 핏빛 노을이 서쪽 하늘을 물들인다. 깃드는 어둠 쪽으로 다가서는 나의 그림자. 어둠이 잡아당기는 나의 그림자. 물결 이는 강물에 그림자가 흘러든다. 나의 그림자가 물 위에 일렁인다. 부드러워진, 유동하는 그림자. 물결과 하나 된 그림자가 깃발처럼 펄럭인다. 그것이 그림자 깃발일까. 그림자 깃발을 실제로 찾아볼 수 없지만, 그림자 깃발이라는 언어가 비유로 작동되어 텍스트로 읽힐 때, 존재하지 않던 사물이 눈앞에 나타난다.

화자는 왜 '나의 그림자 깃발'을 바라보고 있을까. 그림자의 주인인 '나'는 흔들리지 않는데, 내가 만든 그림자는 바람에 나부끼듯이 나의 눈앞에서 흔들린다. 나는 흔들리지 않는다고 생각하는데, 실제로는 나도 모르는 사이에 흔들리고 있는 것은 아닐까. 나는 어디로 가고 있는 것일까. 나의 그림자는 나의 목적지를 알고 있을까. 존재의 흔들림을 경험하면서 화자는 걸어간다. 그는 끝없이 걸을 수밖에 없을 것이다. 흔들리는 존재, 정처 없는 존재가 노래 속에 있다. 그의 그림자가 깃발처럼 어딘가를 향해 나부낀다.

순간을 영원으로 비약시키는 비유

비유 '그림자 깃발' 에서 가사의 핵심을 찾았다. 그림자로 만들어진 깃발은 있을 수 없다. 일상의 경험 차원이나, 엄밀한 논리 차원에서는 존재하지 않는 상황을 비유는 뛰어넘는다. '시적인 것' 의 핵심은 비유이다. 비유는 이질적인 두 존재를 하나의 새로운 존재로 탄생시킨다. 비유는 이전 존재의 특성을 사장시키지만, 이전 존재들이 갖고 있지 않은 새 의미를 그들에게 돌려준다. 의미의 폭발적 비약이라고 부를 수 있다. 특정 단어가 비유가 되는 경우가 '그림자 깃발' 이라면, 다음 예는 가사 전체의 상황이 시적인 '순간' 을 환기시킨다.

오늘 드라이브를 했어요 / 해방시킬 시간이에요 / 그것이 나를 현명하게 하는 타격일 거예요 / 그러나 나는 고마움을 표시하지 않을 거예요, 혹은 사죄조차도 / 나는 숨을 쉴 수 없었어요, 나를 억누르는 / 내 얼굴 위의 손이 땅으로 날 밀었어요 / 공포로 결합된 적의가 포착되었어요 / 용서할 수 없었던 것을 참으라는 강요……

눈길을 돌려요 / 흔들리는 거울 속의 상처 / 그것은 더럽혀진 내 표면이 아니었어요 / 그대의 발에 머리를 박고 그대의 왕관을 조롱해요 / 내 기억 속의 주먹, 그것을 집어삼켜요 / 공포로 결합된 적의가 포착되었어요 / 용서할 수 없었던 것을 인내하려고 노력했어요

그것들을 봤어요 / 더 명징하게 / 한 때 그대는 내 후사경 안에……

나와 함께 있던 개 같은 그대에게서 빠져나가기 위해 속력을 내는데…… / 단호하게 나는 멀어져요 / 나는 거의 믿을 수 없어요, 마침내 그

림자가…… 일어서요…… 이봐요……

―「Rearviewmirror」 부분

포효하는 에디 베더

펄 잼의 두 번째 앨범 『VS』에는 포효하는 수성獸性이 가득하다. 이 앨범의 노래를 들을 때마다 떠오르는 말, 분노. 그들은 무엇 때문에 분노하는가, 그들은 무엇을 향해 절규하는가, 그들에게 증오와 적의는 무엇인가. 젊음이 지니는 야수성을 음악으로 바꾼 이 앨범의 노래들은 시적이다. 위의 노래에서 작사가 Eddie Vedder는 시적인 순간으로 청자를 초대한다. 그의 시는 순간을 영원으로 비약시킨다.

화자는 자동차 드라이브를 했다. 지나간 시간을 회상하면서 화자는 자신이 목격한 어떤 사건을 서술한다. 자동차의 후사경을 주목하는 화자. 거울 속에 '그대'가 있다. '나'는 '그대'와 적대적 관계에 놓여 있었던 듯하다. 화자는 거울 속에서 과거를 보았고, 과거 속의 '나'와 '그대'를 목격했다. 굴복할 수밖에 없었던 '나', 이런 '나'를 지배하던 '그대', 이 둘의 관계가 응축되어 독자들에게 전달된다. 후사경에 빨려든 과거가 '나'와 '그대'의 관계를 집약시킨다. '나'와 '그대' 사이에 무슨 일이 벌어졌는지를 구체적으로 알기는 어렵지만, 이 둘의 관계가 적대적이었음을 알기란 어렵지 않다. '나'는 달려간다. 후사경 속의 과거가 멀어진다. 후사경은 현재의 '나'를 끌어당기고 있는 듯한 착각을 불러일으키지만 화자는 지금 단호하게 과거로부터, '그대'로부터, 억압으로부터 멀어지고 있다. 쓰러져 있던 '나'의 그림자마저 일어서 나를 따라온다.

에디의 「후사경」이 시적인 이유는 후사경에 비친 과거의 광경 때문이다. 설령 그것이 현재의 화자가 목격한 어떤 사건의 일부라고 해도, 고개 돌리지 않고 뒤를 바라볼 수 있는 작은 후사경을 인식의 거점으로 삼았다는 점에서 이 노래는 시라고 해도 무방하다. 시는 다른 시선으로 세상을 응시한다. 화자의 다른 시선은 후사경에 떠오른 광경을 자신이 겪은 기억의 일부분으로 전이시켰다. 과거를 들여다볼 수 있는 거울이 있다. '나'를 스쳐 지나간 과거가 '나'의 뒤에서 '나'와 연결되고 있다는 사실을 확인시켜주는 장치인 후사경은 타임머신처럼 '나'와 과거를 자유롭게 연결시킨다. 「후사경」은 시간에 대한 은유를 보여준다. 시와 비교해도 손색 없는 작품이다.

은유의 아름다움

에디 베더가 펼쳐 보이는 은유는 이별한 연인을 화자로 등장시키는 아래의 시에서 더욱 빛나는 성취도를 보여준다. 화자는 이별을 당했다. 그는 이별을 인정하지 않는다. 이별이 끝난 후에 다시 찾아올 사랑을 염원하면서 화자는 고독하게 아래의 가사를 읊조린다.

오늘 아침 성냥에 불을 붙여요, 혼자 있게 되지는 않을 거예요 / 그녀가 조용히 누워있는 듯해요, 곧 밤이 끝날 테니까요 / 오, 나는 팔을 뻗고 서 있을 거예요, 마치 어디로든 떠나갈 수 있는 듯이 / 오, 내 길을 만들어 갈 거예요, 끝까지, 지옥에서 하루를 더 있는다 해도

얼마나 많은 차이가 그것을 만드는가 / 얼마나 많은 차이가 그것을 만드는가

나는 촛불이 내 팔을 태워버릴 때까지 들고 있을 거예요 / 오, 나는 피곤해질 때까지 나를 타격할 거예요 / 오, 나는 내 눈이 멀 때까지 태양을 바라볼 거예요 / 이봐요 나는 방향을 바꾸지 않을 거예요, 그리고 나는 내 마음도 바꾸지도 않을 거예요

얼마나 많은 차이가 그것을 만드는지 / 음, 얼마나 많은 차이가 그것을 만드는지…… 얼마나 많은 차이가……

나는 면역이 될 때까지 독을 삼킬 거예요 / 내 폐가 쏟아져나와 이 방을 채울 때까지 나는 소리지를 거예요

얼마나 많은 차이가 / 얼마나 많은 차이가 그것을 만드는지
─「Indifference」 전문

이 시에서 에디는 적절한 비유를 사용하여 이별의 고통을 절절하게 형상화한다. 1연에 나오는 촛불을 화자는 2연에서 팔이 타버릴 때까지 들고 있겠다고 다짐한다. 연인과 이별하였기 때문이다. 그는 이별의 아픔을 잊기 위해서 눈이 멀 때까지 태양을 쳐다보겠다고 한다. 고통을 겪는다 해도 화자는 자신의 의지를 꺾지 않을 것이라고 말한다. 이별이 상처와 아픔의 원인이다. '얼마나 많은 차이'가 그 이별을 만들었냐고 화자는 되뇌인다. 그녀와 '나' 사이에 수많은 '차이'가 있었다. 그 차이는 신분의 차이일 수도 있고, 성격의 차이일 수도 있다. 그 차이가 무엇인지는 구체적으로 밝히지 않지만, 화자는 자신과 그녀 사이의 차이를 명백하게 파악한다. 그래서 그는 그녀와 자신 사이의 차이만을 말할 수 있을 뿐이다. 고통의 원인인 이별이, 이별의 원인이었던 차이가 차별을 만들 수도 있지 않을까. 그 차별이 사랑의 실패를 불러올 수도 있지 않을까.

사회적인 어떤 차이가 두 연인들에게 차별이라는 사회적 억압으로 작동되었을 가능성을 상상하면서 다음 구절로 넘어간다.

　화자는 극단적이다. 면역이 될 때까지 독을 삼키겠다고 말한다. 헤어진 그녀를 잊기 위해서, 고통을 이겨내기 위해서 독이라도 마시겠다는 화자의 외침이 갑자기 공허해지는 이유는 무엇일까. 이 시의 화자가 겪고 있는 상황에 놓인다면 그 누구도 떠나간 그녀를 쉽게 잊을 수는 없을 것이다. 그렇기 때문에 화자는 사랑의 아픔을 극복하기 위해서 폐가 쏟아질 듯이 소리를 지르겠다고 선언한다. 극단의 고통이 찾아온다. 자신의 몸이 파열되더라도 이별의 통증을 무마시키기 위해서 더 큰 고통이 필요하다고 외치는 화자의 다짐은 이 시를 처절하고 선연한 상실의 경지로 몰고 간다. 고통의 극한으로 화자를 내몬 상처받은 사랑, 그 원인이 바로 '차이'이다.

　마지막 비유는 제목에서 드러난다. '차이(difference)'가 '무관심(indifference)'이 되었다. 'difference'에 접두어 'in'이 붙어 무관심으로 의미가 바뀌었다. '차이 → 무관심'의 변화 과정은 아름다운 은유를 상기시킨다. 사랑하는 사람 사이의 차이가 사랑의 실패를 불러오는 무관심이 된다. 차이가 사랑의 매개가 될 수도 있지만, 뛰어넘을 수 없는 사랑의 절벽이 될 수도 있다.

　에디 베더는 사랑의 본질을 담담하게 읊조린다. 사랑하지만 사랑할 수 없는 사람을 위해 떠날 수밖에 없던 '나'가 할 일은 기다리는 일뿐이다. 기다림이 가져오는 고통을 이겨내기 위해 화자는 극단적인 비유를 사용한다. 헤어진 '나'는 어떤 고통이 밀려온다고 해도 그녀를 포기할 수 없다. 팔이 불 타 재가 되어도, 눈이 멀어도, 폐가 터져나가도록 소리를 질러 자신의 육체가 무너진다고 해도 '나'는 사랑을 버릴 수 없다. 죽어서 이룰 수 있다면, 기꺼이 죽어 이루어야 하는 것이 사랑이기 때문이다.

펄 잼의 두 번째 앨범에는 은유들이 가득하다. 미국 사회의 지배 세력이 누구인지를 밝히고 있는 「W.M.A」. 'White Male American' 의 약자가 제목인 이 노래에서 에디 베더는 미국 사회를 지배하는 계층의 특성을, 그들이 저지르는 폭력을 숨김없이 드러낸다. '백인 미국 남자' 라는 세 요소는 철학자 들뢰즈에 의해 현실 세계를 지배하는 계급적 요소임이 지적된 바 있다.[1) 펄 잼의 사회적 관심과 이에 대응되는 참여 의식의 한 예가 이 작품이다. 또한 「Elderly Woman Behind The Counter In A Small Town」의 "지문 같은 기억이 서서히 떠오른다(memories like fingerprints are slowly raising me)" 에서 기억의 뚜렷함을 지시하는 비유인 '지문' 은 이미지의 직접성과 구체성을 증가시킨다.

불멸

펄 잼의 세 번째 앨범 『Vitalogy』 역시 훌륭한 비유를 보여준다. 앨범의 8번 트랙 「Corduroy」는 펄 잼 사운드의 핵이면서도 잘 드러나지 않는 베이시스트 Jeff Ament의 리듬 라인이 유려한 곡이다. 이 노래에서 에디는 다음과 같이 말한다.

기다림이 날 미치게 했어요 / 마침내 당신이 내게 온 후에 나는 혼란에 빠져요 / 나는 당신의 등장을 되돌려요 / 당신이 내 머릿속에서 배회하지 못하게 / 나는 당신이 줄 수 있는 것을 갖고 싶지 않아요 / 당신의 빵을 먹느니 굶겠어요 / 걸을 수도 없지만 뛰겠어요

"기다림이 날 미치게 했다" 는 첫 구절의 강렬한 은유. 기다리는 자들은 미치기 쉽다. 기다려본 모든 자들은 이 말의 의미에 본능적으로 동의한다. 바라던 것을 기다리는 순간이 있고, 원하지 않지만 예정된 것을 기

다리는 순간이 있다. 두 기다림 전부 기다리는 주체에게는 자신의 상실을 불러올 만큼의 초조와 불안과 고통을 야기시킨다. 기다리는 자에게 미래는 없다. 특히 그가 사랑하는 사람을 기다리는 경우에는 더욱 그렇다.[2] 이 시의 화자는 기다림 때문에 미쳤다고 선언한 후에, 마침내 자신의 머릿속을 거닐고 있는 타자

『Vitalogy』 커버

'당신'을 말한다. 화자는 고통스럽다. '당신' 때문에 화자는 모든 상황을 이전으로 되돌리고 싶어 한다. '당신'이 줄 수 있는 모든 것을 '나'는 갖고 싶지 않다. 때문에 '당신'의 빵을 먹느니 차라리 굶겠다고 다짐한다. 걸을 수도 없지만 뛰겠다고 말한다. '당신'이 누구인지, 왜 '나'가 이러한 상황에 빠지게 되었는지는 중요하지 않다. 화자는 자신을 미치게 했던 기다림 이후의 상황을 역설과 은유를 사용하여 구체적인 이미지로 표현한다.

　　말이 공허해요. 그녀에게는 가까이 할 복수의 자리가 없어요. / 이 세상에서 위안을 찾을 수 없어요. / 인조 눈물, 찔린 용기, 다음은, 지원병 / 깨

---

1) Gilles Deleuze · Félix Guattari, 『천 개의 고원』, 김재인 역, 새물결, 2001, 553면 참조.

2) 롤랑 바르뜨는 『사랑의 단상』(문학과지성사, 1991, 60면)에서 기다림에 대해 말한다. 사랑하는 사람에게 기다림이 유발하는 광기, 광기인줄 알면서도 수용할 수밖에 없는 고통스런 기다림을 그는 시적인 순간으로 승화시킨다. "기다림은 하나의 주문이다. 나는 움직이지 말라는 명령을 받았다. (사랑하는 사람의-인용자) 전화를 기다린다는 것은 이렇듯 하찮은, 무한히 고백하기조차도 어려운 금지 사항들로 싸여 있다. 나는 방에서 나갈 수도, 화장실에 갈 수도, 전화를 걸 수도 (통화중이 되어서는 안 되므로) 없다. 그래서 누군가가 전화를 해오면 괴로워하고 (똑같은 이유로 해서), 외출해야 할 시간이 다가오면 거의 미칠 지경이 된다." 이런 기다림의 피할 수 없는 운명적 속성을 바르뜨는 "기다리게 하는 것, 그것은 모든 권력의 변함없는 특권"(같은 책, 62면)이라고 정의한다. 「코듀로이」의 '당신' 역시 '나'를 기다리게 한다. 그는 '나'를 관할하는 지배자적 속성을 지니고 있는 자이고, 에디의 '나'는 이 모든 기다림의 고통을 거부한다. 에디는 "기다림이 날 미치게 했다"고 말한다.

지기 쉬운, 지혜는 고정될 수 없어요

> 게으름뱅이는 집을 찾아요 그리고 나는 계속 되기를 원해요 / 그러나 태양 속에 쪽문이 있어요. 불멸 / (……) / 항복했고, 처형되었고 / 휘갈겨 쓴 글씨가 해독되고, 마루 위의 담뱃갑

> 게으름뱅이는 집을 찾아요 그리고 또한 나는 계속 되기를 원해요 / 그러나 태양 속의 쪽문을 봤어요 / (……) / 그리고 배수구 속의 수염. / 게으름뱅이는 움직여요. 오래 머물 수 없어요. / 어떤 사람들은 살기 위해 죽어요. 오!

―「Immortality」 부분

불멸하는 이미지에 대한 송가인 이 노래의 가사는 단절과 비약이 심해서 논리적으로 연결시키기가 어렵다. 에디는 이 시에서 불멸의 속성을 예리한 이미지로 표현해낸다. 동원된 이미지는 모두가 은유이고, 이 은유의 폭은 선禪적인 정취까지 품는다. 따라서 이 시의 'truant'를 우리말로 정확하게 옮기는 작업 역시 어렵다. 일단 사전의 정의를 따라 '게으름뱅이'라고 하자. 이 시의 주체가 누구인가는 사실 그렇게 중요하지 않다. 핵심은 불멸의 이미지들이 어떻게 중첩되고 있는지, 그것들이 우리 삶의 어떤 것을 불멸하는 것으로 만드는지를 파악하는 것이 중요하기 때문이다.

"태양 속에 쪽문이 있다"는 이미지를 보자. 태양의 나이는 45억 년쯤 되었다고 한다. 그러니까 우리가 살고 있는 우주의 나이가 45억 년이라는 뜻이다. 산술적으로는 45억 년을 셀 수 있으나, 이 숫자가 삶의 구체적인 감각으로 전환되기란 불가능에 가깝다. 불멸하는 것으로 태양을, 태양의 이미지를 떠올릴 수밖에 없다. 그 태양에 쪽문이 있다. 태양 속의

쪽문을 열고 나가면 무엇이 있을까. 우리는 어디로 가게 되는 것일까. 그 문 너머에 죽음이 존재하지 않을까. 에디의 이 구절에는 죽음을 피할 수 없는 운명에 대한 깨달음이, 그 죽음을 긍정하고 새 세상을 향해 떠난다는 운명적 순응이 담겨 있다. 이것이 불멸 아닐까. 45억년 된 태양이 아니라 삶의 피할 수 없는 운명, 그것을 받아들이고 사는 우리가 바로 불멸 아닐까.

불멸의 이미지는 사실 추상적이다. 관념에 그치기 쉽다. 에디는 불멸의 이미지를 순간의 이미지로 전환시킨다. "마루 위의 담뱃갑"과 "배수구 속의 수염"은 일상의 한 순간을 구성하는 요소들이 속절없이 사라질 수밖에 없다는 사실을 인정하고 있는 시인의 세계관을 드러낸다. 그것들이 불멸할 수 없는 생의 한 부분임을 거부할 수 없다. 바람 속의 먼지처럼 사라져가는 삶의 순간을 시인은 불멸하는 이미지로 바꾸었다. 불멸하기 위해 불멸할 수 없는 우리들은 불멸하는 이미지에 삶을 의탁한다. 이미지 속에서 우리들은 '살기 위해 죽을 수 있다.' '나' 라는 주체의 한 생애는 죽음으로 마무리되어도 '나' 가 남겨놓은 이미지는 육신의 삶을 넘어서 다른 세계로 이월될지도 모르기 때문이다. 태양 너머, 불멸을 향하여⋯⋯ '나' 와 '너' 와 '우리' 와 시인은 함께 태양의 쪽문을 연다.

2부 시와 대중음악

시와 대중음악의 만남 (1)

노래와 시의 행복한 만남

시는 어렵다. 그렇다. 시는 다른 예술보다 더 어렵다. 김소월의 다음
시를 읽어보자.

실버들을 천만사
늘어놓고
가는 봄을 잡지도
못한단 말인가
이 몸이 아무리
아쉽다기로
돌아서는 님이야
어이 잡으랴
한갓되이 실버들

바람에 늙고

이내 몸은 시름에

혼자 여위네

가을바람에 풀벌레

슬피 울 때에

외로운 밤에 그대도

잠 못 이루리

―「실버들」 전문

김소월의 이 시는 어렵지 않다. 어렵지 않기 때문에 대중적이라고 할 수 있을 것이다. 한국 현대시인 중에서 가장 널리 읽히고, 가장 오래 읽히는 작가인 김소월. 그의 시는 쉽지만 아름답다.

떠나는 님을 붙잡지 못한 화자는 지금 슬프다. 님을 잊지 못하는 화자는 시름 때문에 "혼자 여위"고 있다. 님이 떠났기 때문에 실버들도 "바람에 늙"는다. 님이 없어서 화자 '나'는 여위고, 자연은 늙어간다. 화자 '나'는 말한다. "가을 바람에 풀벌레 슬피 울 때"에는 "그대도 잠 못 이"룰 것이라고. 화자 '나'와 님은 봄에 헤어졌는데, 떠나간 님은 가을 바람 불 때에 잠을 못 이룬다는 이 시의 시간적 비약은 화자가 겪는 고통의 크기를 설명해주기에 충분하다. 봄부터 가을까지 '나'는 님을 떠올리면서 여위어갈 것이다. 마침내 스러져버릴지도 모른다.

애절한 이 시가 작곡가 안치행에 의해 노래로 만들어졌다. 여성 보컬 그룹 희자매가 「실버들」을 부른다. 가수 인순이의 젊은 시절 목소리를 들을 수 있는 노래이다. 색소폰 선율이 강렬한 이 노래를 학생들은 '뽕짝'이냐고 묻기도 한다. 트로트가 김소월과 만나지 못할 법은 없다. 김소월의 시는 트로트가 되어도 그 의미를 잃지 않는다. 많은 사람들이 좋아하는 트로트와 더 많은 사람들이 좋아하는 김소월의 시가 행복하게 만나는 광경을 예술의 고저를 논하면서 말할 수는 없다.

　이별에 배어 있는 청승이 안치행에 의해 선율을 입었다. 그 선율이 흑인의 피를 지니고 있는 인순이의 목소리로 바뀌었고, 그 목소리는 이별당한 자의 끈끈한 집착을 연상하게 한다. 김소월의 시에 담긴 리듬이 선율과 만나고 색소폰과 만나서 누구나 들어도 이별의 아픔을 느낄 수 있는 노래가 되었다. 노래와 시의 행복한 만남, 황홀한 결합은 다음 작품에서 더욱 극적으로 펼쳐진다.

공무도하 (公無渡河)　님이시여 물을 건너지 마세요
공경도하 (公竟渡河)　기어이 님은 물을 건너셨네
타하이사 (墮河而死)　물에 빠져 돌아가시니
당내공하 (當奈公何)　당장 이 일을 어찌할고

—「공무도하가公無渡河歌」

　님아 님아 내 님아 / 물을 건너 가지 마오 / 님아 님아 내 님아 / 그예 물을 건너시네 / 아…… 물에 휩쓸려 돌아가시니 / 아…… 가신 님을 어이 할꼬 / 공무도하 공경도하 타하이사 당내공하 / 님아 님아 내 님아 / 나를 두고 가지 마오 / 님아 님아 내 님아 / 그예 물을 건너시네 / 아…… 물에 휩쓸려 돌아가시니 / 아…… 가신 님을 어이 할꼬 / 공무도하 공경도하 타하이사 당내공하 / 공무도하 공경도하 타하이사 당내공하 / 공무도하 공경도하 타하이사 당내공하 / 공무도하 공경도하 / 님아 님아 내 님아 / 물을 건너 가지 마오 / 님아 님아 내 님아 / 그예 물을 건너시네

—이상은, 「공무도하가」

　가수 이상은은 대학가요제에서 「담다디」를 불러 가요계에 데뷔했다. 남자를 연상시키는 그녀의 외모는 80년대 후반 중성적인 매력이라고 지

칭되며 선풍적인 인기를 불러왔다. 대중의 아이돌 스타였던 그녀가 가요계로 돌아왔을 때, 우리는 그녀의 전면적 변화에 적잖이 놀랄 수밖에 없었다. 대중의 인기를 뒤로 하고 홀로 노래 부르며 자신의 예술혼을 갈고 닦았던 이상은은 현존하는 최고最古의 시「공무도하가」에 곡을 부쳤다. 이 노래를 들으면 지금은 전해지지 않는 공무도하가의 악곡 '공후인'이 떠오른다.

사랑하는 사람을 잃어버린 화자가 있다. 그녀는 물에 휩쓸려 죽은 연인을 목격하고도 목 놓아 울지 않는다. 그녀는 담담하게 읊조릴 뿐이다. 기어이 물을 건너간 님은 물에 빠져 죽었고, 그것을 목격한 화자는 이 일을 어떻게 하냐며 노래를 부른다. 분명히 죽은 님이지만 화자는 그의 죽음을 인정하지 않는다. '공무도하'를 반복하면서 화자는 죽은 님을 환생시킨다. "님이시여 물을 건너지 마세요"라고 말하는 화자에게 님은 아직 살아 있는 존재이다. 막을 수 있었다면 막았을 것이다. 화자는 물 건너는 님을 막을 수 없었다. 살릴 수 있었던 님을 막지 못했다는 화자의 자책과 회한이 시의 첫 행에, 님의 죽음 후에 아무것도 할 수 없다는 사실에 대한 화자의 깨달음이 시의 마지막 행에 드러나 있다.

고조선의「공무도하가」와 이상은의「공무도하가」는 시간의 벽을 뛰어넘어, 사랑하는 님을 잃고 슬픔에 빠진 사람의 내면을 표현하는 아름다운 시와 노래로 불리고 있다. 가수 이상은에 의해 고조선의「공무도하가」가 노래로 되살아났다. 우리는 이 노래를 잃어버린 악곡 '공후인'의 새로운 탄생이라고 부를 수 있을 것이다. 사라졌던「공무도하가」가 노래로 부활했다. 시가 노래로 바뀌는 순간의 황홀한 아름다움이다.

시가 노래로 불린 예는 이 밖에도 많다. 록밴드 송골매에 의해 노래가 된 김소월의 시「나는 세상 모르고 살았노라」와 유주용이 부른 김소월의 다른 시「부모」, 성악가 박인수와 가수 이동원이 히트시킨 정지용의

「향수」, 송창식이 곡을 입힌 서정주의 「푸르른 날」, 안치환이 작곡해서 노래한 류시화의 「소금 인형」, 김남주의 「자유」, 나희덕의 「귀뚜라미」 등을 그 예로 꼽을 수 있다.[1] 본질적으로 음악과 떨어질 수 없는 시의 음악성이 노래로 발현된 경우이다.

최정례의 시와 두 곡의 노래

많은 시인들이 노래와 가사, 가수의 삶과 정신을 시로 옮겼다. 이러한 예는 너무 많기 때문에 일일이 검증하기가 불가능하다. 최정례의 시를 통해 그 일단을 살펴본다.

호텔 캘리포니아 / 한 동안 그 노래에 갇혀 흥얼거렸지 / 콜리타꽃 향기, 희미한 불빛, 내 머리를 만져주듯 / 한 여자 문 앞에 서 있었고 / 그 순간 멀리서 종소리도 울려 왔고

어찌어찌 여기까지 왔는가 / 대전역쯤의 플랫폼인 줄 알았는가 / 호텔 캘리포니아인 줄 알았는가 / 장마 뒤 길바닥 고인 물에 올챙이

햇빛을 총알처럼 되쏘는 그 속을 / 미친듯 휘젓고 다니다가 / "배추요, 무요, 양파요" / 행상의 바퀴가 고인 물 튀기며 지나갈 때 / 잠시 혼절한 그 때

찬란한 웅덩이, 잠깐의 호텔 캘리포니아 / 구름 뒤에 천둥소리 아득하

---

1) 그 밖의 예. 김소월 「세상 모르고 살았노라」(송골매), 이용악 「그리움」(이지상), 고은 「가을 편지」(이동원), 박용철 「떠나가는 배」(김수철의 「나도야 간다」), 박기동 「부용산」(안치환), 김현수 「토함산」(송창식), 김지하 「타는 목마름으로」(안치환), 이수익 「우울한 상송」(길은정), 김남주 「하얀 나비」(김정호), 정호승 「우리가 어느 별에서」(안치환), 박노해 「이 땅에 살기 위하여」(윤도현 밴드) 등등.

게 떨어지고 / 어떤 춤은 기억되고 어떤 춤은 잊혀지는 / 웅덩이 호텔 캘리
포니아에서

　　누군가 떨구고 간 너 / 혼자서 듣고 있지 / "어서 오세요. 당신은 이곳의
포로 / 언제든 떠날 수 있다지만 결코 떠나지 못할 걸요"

　　한낮의 허공으로 숫구치는 / "배추요, 무우요, 양파요오" / 그 소리 잊지
못할 걸요 / 햇빛에 웅덩이 날아가 버리도록
　　　　　　　　　　　　ㅡ「웅덩이 호텔 캘리포니아」 전문(『레바논 감정』)

『Hotel California』 커버

미국의 서던 록 밴드 Eagles의
명곡 「Ho tel California」의 가사와
이 시의 상관성. 이글즈 최고의 명
곡인 이 노래에 시인은 한동안 갇
혀 있었다. 「호텔 캘리포니아」를
듣던 시인에게 갑자기 추억이 떠
오른다. 시인은 노래 속으로 들어
가 노래와 하나가 된다. "콜리타
꽃 향기, 희미한 불빛" (Warm
smell of colitas / Rising up through the air / Up ahead in the distance / I
saw a shimmering light)이 머리를 만져주는 듯하고, "한 여자 문 앞에
서 있었고 / 그 순간 멀리서 종소리도 울" (There she stood in the
doorway / I heard the mission bell)린다. 과거의 기억이, 옛날 어떤 날의
강렬했던 이미지가 시인에게 쇄도한다.
　장마가 끝났다. 길바닥에 물이 고여 있다. 햇빛을 반사하는 웅덩이. 첨
벙거리며 시인이 돌아다닌다. 그때 채소 행상이 지나갔고, 차바퀴가 고

인 물을 튀겼다. 이미지가 시인을 뒤흔든다. 시인의 기억을 파고드는 노래 「호텔 캘리포니아」. "어떤 춤은 기억되고 어떤 춤은 잊혀지는"(Some dance to remember / Some dance to forget) 「호텔 캘리포니아」처럼 시인은 그날의 날카로웠던 이미지를 잊어간다. 명멸하는 이미지들. 과거의 편린을 시인은 움켜쥐고 싶어 한다. 시인은 이렇게 말한다. "어서 오세요. 당신은 이 곳의 포로 / 언제든 떠날 수 있다지만 결코 떠나지 못할 걸요"(We are all just prisoners here / (……) / You can check out any time you like / But you can never leave). 살아 펄떡이는 과거의 이미지를 잊지 않기 위해 시인은 「호텔 캘리포니아」에 묵던 사람들의 노래를 따라한다. 시인 역시 그날의 이미지에 갇혀 있는 포로이기 때문이다. 시인은 지금 「호텔 캘리포니아」를 듣는다. 노래에 섞여서 시인에게 다가서는 그날의 기억, 한낮의 허공으로 솟구치는 "배추요, 무우요, 양파요오"를 시인은 잊지 못한다.

눈보라가 휘날리는 바람찬 홍남부두에 목을 놓아 불러 봤다 찾아를 봤다 금순아 어디를 가고 길을 잃고 헤매였더냐 피눈물을 흘리면서 1·4 이후 나 홀로 왔다

낮잠을 잤어요. 뭔가 해보려고요. 책이라도 보려고요 / 책을 얼굴에 덮고 잠이 들었는데 한쪽 얼굴이 아팠어요 / 피난민들이 홍남부두로 몰려가는데 내 얼굴에 / 폭탄 파편이 쏟아져 내렸어요 깨보니 혼자였어요

일가친척 없는 몸이 지금은 무엇을 하나 이내 몸은 국제 시장 장사치기다

오늘은 8·15 해방이에요 왜 이렇게 어깨가 아픈지 / 모르겠어요 목욕

탕에는 팔뚝이 굵은 여자가 때를 밀어요 / 엎어놓고 밀고 바로 놓고 밀고
다시 엎어놓고 두들겨 패요 / 요구르트를 바르고 오이 간 것을 바르고 아
픈 사람에게는 / 맨소래담도 발라줘요

**철의 장막 모진 설움 받고서 살아를 간들 천지 간에 너와 난데 변함 있
으라 금순아 굳세어다오 남북통일 그날이 오면 손을 잡고 울어보자 얼싸
안고 춤도 춰보자**

오토바이가 커다란 화환들을 싣고 달리고 있어요 / 축 결혼과 축 개업과
謹弔 화환을 함께 싣고 / 맹목적인 잎과 꽃을 달고 갈 수 없던 꽃나무가 /
가고 싶던 꽃나무가 일생일대의 소원으로 가고 있어요
—「굳쎄어라 금순아」 전문(『레바논 감정』)

강사랑이 작사한 노래 「굳세어라 금순아」와 시 「굳쎄어라 금순아」는
노래의 가사와 시가 결합된 좋은 예이다. 가사가 시에서 세 부분으로 나
뉘어 인용되었다. 시는 가사에서 시작되어 흥남부두를 거쳐 피난온 화
자의 현실로 전이된다. 가사의 서사가 화자의 내면을 설명한다. 화자의
일상이 한 장면으로 압축된다.

아픔에 시달리는 화자가 화환을 싣고 달리는 오토바이를 쳐다본다.
오토바이로 배달되는 결혼, 개업, 근조 화환. 출발하는 부부를 축하할 때
에도, 사업을 시작할 때에도, 죽은 자의 명복을 빌 때에도 꽃이 필요하
다. 꽃이 인생의 중요한 통과의례를 장식한다. 그 모든 화환은 '맹목적'
이지 않다. 누군가에게 필요한 꽃나무가 누군가를 향해서 가듯 화자는
"일생일대의 소원"으로 그곳에 가고 싶어 한다. 그곳에 돌아가기 위해
'금순이' 처럼 화자는 굳세어져야 한다.

「굳세어라 금순아」의 가사를 사용하여 이 시는 6 · 25라는 역사 사건

과 그것을 겪었던 화자의 일생을 자연스럽게 겹쳐놓는다. 노래의 금순이보다 시의 화자는 더 강해져야 할지도 모른다. 그래야만 사라지지 않는 통증을 이겨낼 수 있을 것이다.

홍남부두는 노래 속에서 내린다. 굳쎄여라 금순아 속에서, 눈보라의 아우성 속에서 엄마아, 꽝 터지는 폭탄 속에서 금순이는 치마를 펄럭이며 하늘 위를 걷는다. 머리카락을 휘날리며 획획. 부두는 폭파되고 배는 이미 떠났는데 금순이 두 팔을 휘젓는다. 겨울 파도 위를 걸어서 걸어서 내려온다. 영도다리 난간 위에서 고꾸라지듯 떨어지다가도 어림없지, 솟아오른다. 바다 갈매기들은 운다. 꽉꽉거리며 운다. 날개 달렸다고 하늘을 날면서도 운다. 명태가 가르는 찬 바다 위를 금순이는 날지 않고 울지 않고 걷다가 뛰어내린다. 허공을 가로질러 획획

ㅡ「눈발 획획」 전문 (《시와사람》, 2005년 봄)

현인의 「굳세어라 금순아」는 위의 시에서 다시 한번 모티프로 사용되었다. 시인은 '금순이를 시에 직접 끌어들인다. 전쟁을 경험했던 우리 어머니들의 이름을 시인은 금순이로 지칭한다. 시인은 "치마를 펄럭이며 하늘을 걷는" 금순이를 바라본다. 금순이가 "겨울 파도 위를 걸어서 걸어서 내려온다." 금순이가 살아서 우리를 지켜본다. 금순이는 살아 있다. 자꾸만 우리 곁으로 살아서 돌아온다. 노래 속의 '굳센' 금순이가 시에서 부활한다. 아직 죽지 않았다고 금순이는 우리를 간절하게 호출한다.

시인은 갈매기의 울음을 듣고 금순이가

현인

살아 있음을 발견한다. 흩날리는 눈발 속에서 하늘을 가르는 갈매기를 본다. 흥남부두의 금순이가 부산으로 피난왔다. 영도다리를 걷다가 바다에 뛰어내린다. 눈발은 날리는데, 갈매기는 휙휙 날아다니는데, 오늘 금순이가 휙 떠나버린다. 살아 남았지만 견디지 못하고 떠나버린 금순이가 역사 속 한 사람의 삶을 기록한다. 노래는 시가 되었고, 시는 금순이를 살아 있는 역사로 만들었다.

이성복과 '뽕짝'

이성복의 시집에서 시와 한 몸이 된 대중가요를 발견한다. 그것은 지나간 시절의 한 징후이다. 이성복의 대중가요는 살아온 생을 응집시킨다. '달의 이마' 에 '물결무늬 자국' 처럼 남겨진 노래를 찾는다.

오래 시를 쓰지 못했다. 그리고 추석이 왔다. 추석에는 어머니 사시는 고덕동에서 대치동 형님 집까지 올림픽대로를 타고 갔다. 영동대교를 지날 때 주현미의 '비 내리는 영동교' 가 생각나, 그 노래를 부를까 하다가 아내가 한 소리 할 것 같아 그만두었다. 그러나 막 영동대교 다리 밑을 지나자마자, 그 노래의 다음 구절인 '비에 젖어, 슬픔에 젖어' 가 입 속에서 터져 나왔다. 내가 부르지 않아도 노래는 흐르고 있었다. 비에 젖어, 슬픔에 젖어 노래는 내가 영동대교 다리 밑을 지나가기를, 지나갈 때는 좀더 유치해지기를 기다리고 있었다.
　　　　　　　　　　　　　—이성복, 11「비에 젖어, 슬픔에 젖어」전문
　　　　　　　　　　　　　　　　　（『달의 이마에는 물결무늬 자국』）

'노래' 하면 자동적으로 호명되는 '주현미'. 시 속의 노래는 비 내리는 날의 영동교 밑을 처연하게 떠오르게 하고, 당장이라도 그곳으로 달

려가 흘러가는 강물 앞에서 노래
한 곡 부르고 싶은 기분이 들게 한
다. 시인은 '주현미'와 '비 내리
는 영동교'라는 고유명사를 기술
하고, 자신이 "좀더 유치해지기를
기다리고 있"다. 열한 번째 시의
제목「비에 젖어, 슬픔에 젖어」밑
에, 파블로 네루다의「시」에서 뽑
힌 구절 "그러니까 그 나이였

주현미

다…… 시가 / 날 찾아왔다. 난 모른다, 어디서 왔는지"가 적혀 있다.

네루다의 '그 나이'와 이성복의 '유치'한 나이는 어떻게 연결되는가.
시인은 왜 주현미를 부르고, 영동교 밑에서 왜 "비에 젖어, 슬픔에 젖어"
터져 나오는 노래를 가만 내버려두는가. 시가 유치하다면 시를 쓰지 않
아야 하는가. 삶이 유치하기에 시는 유치한 삶의 유치한 언어에 불과한
가. 그렇다면 이성복은 유치한가.

이 시를 읽으며 나는 "내가 부르지 않아도 노래는 흐르고 있었다"에
밑줄을 그었다. 유치한 삶을 관통하는 노래, 유치한 삶을 유치하다고 말
하는 노래. 그 노래가 비록 유치하다고 해도 유치한 삶의 노래는 시인의
언어와 상관없이 흘러가고 흘러온다. 이런 깨달음 아닌 깨달음을 발견
한 노래를 유치하다고 할 수는 없다. 다음 노래들도 그렇다. "박제 홍방
울새를 만들려면 우선 날개를 부러뜨리고, 눈알을 파내고, 내장을 까뒤
비고, 그맘때 들려오는 칠십 년대 가수 김상진의 노래 소리: '타향은 싫
어, 고향이 좋— 아—' 등등." (93「우선, 철저히 부러뜨릴 것」) 세샘 트
리오의「나성에 가면」의 가사를 변용한 다음 시. "아크라에 가면 편지를
띄우세요, 함께 못 가서 정말 미안해요. 내가 노래하기 전에 아크라에서
편지가 왔고, 동네에선 아무도 읽을 수 없었다." (72「칠십 년대 유행가

식으로」)

　이성복은 대중가요와 시, 두 예술 장르 속에서 생의 단면을 포착한다. 가슴 뛰게 만드는 우리 삶의 어떤 순간을 기록하는 예술, 그것이 시이고 대중가요라고 말한다. 이성복은 대중가요의 가사를 시 텍스트로 인입시킨다. 대중가요의 '유치한' 가사는 이성복의 시로 새롭게 태어난다. 다음의 시에는 죽음을 앞둔 한 여학생이 등장한다. 죽어가는 어린 학생의 슬픔을 구성하는 장치의 하나로 등장하는 가수들과 그들의 발라드는 예정된 죽음의 양상을 기록하는 모티프가 된다.

　새 학기에 고3이 되어야 할 여자 아이는 / 머리 박박 밀고 입에 마스크 하고 신승훈인가, / 이승환인가 요즘 나오는 발라드 가수의 노래를 / 흥얼거린다 그래, 노래라도 해라, 애야, 노래라도 / 자꾸 불러라, 시어머니 병수발하던 옆 침대 / 아줌마가 중얼거린다 달포 전 아침부터 토하고 / 설사해 정밀 검사 받아보니 간에도 폐에도 암은 / 퍼진 지 오래여서, 그래도 그 엄마 울고불고 / 수술은 해야겠다기에, 거의 배꼽 근처까지 장을 / 잘랐다는 아이, 잣죽이나 새우깡 부스러기 먹는 / 족족 인공 항문으로 쏟아내고, 또 아이스크림 / 먹고 싶어 미치겠다고 제 엄마 졸라 매점 보내고 / 나서, 아이는 베개 한쪽에 뺨을 묻고 노래부른다 / 왜 이렇게 가슴 뛰느냐고, 왜 이렇게 행복하냐고 / 6인 병실 처음 들어오던 그날, 왜 내가 죽느냐고 / 왜 나만 죽어야 하냐고, 그리 섧게 울던 아이는
　　　　　　　— 94 「왜 이렇게 가슴 뛰느냐고」 전문(『아, 입이 없는 것들』)

　이성복의 시에서 대중가요의 가사는 시의 일부가 되어 의미 맥락을 형성한다. 박정대는 대중가요의 가사를 시에 전면적으로 차용한다.

박정대와 Nirvana

　모든 사람들이 술을 마시러 몰려가고 있어요 가벼운 구름처럼 / 모든 것
들이 너무 쉽게 발효되고 있어요 병 속의 알코올처럼 / 위시카강의 진흙강
둑으로부터 들려오는 숨가쁜 목소리 들어봐요 / 가장 질퍽하게 무너지고
으깨어진 이 세상의 강둑에서 / 풀꽃들이 자라요 숨가쁘게 자신들의 온몸
으로 삶을 증명해요 / 나는 살아가는 것들의 열반의 소리 들어요 / 눈을 감
고 오랜 고통의 아름다운 소리 들어요 / 위시카강의 진흙강둑으로부터 들
려오는 사랑하는 이의 목소리 들어봐요[2] / 눈물 반 알코올 반의 습기에 찬
목소리지만 그게 열반이에요 / 슬픔의 힘이 우리가 사는 이곳을 열반으로
만들어요

　그게 바로 열반이에요, 위시카강의 진흙강둑 위를 스쳐가는 / 그게 바
로 열반이에요, 위시카강의 진흙강둑 위를 스쳐가는
　　　　　　　　　─「위시카강의 진흙강둑으로부터」 1연 10행~2연(『단편들』)

　록 밴드 너바나의 노래가 없다면 이 시에 등장하는 주요 어휘들은 쉽
게 이해될 수 없을 것이다. '위시카강의 진흙강둑으로부터' 왜 "숨가쁜
소리"가 들려오는지, 세상은 왜 "가장 질퍽하게 무너지고 으깨어"지는
지, 어디에서 "오랜 고통의 아름다운 소리"가 들리는지, "위시카강의 진
흙강둑으로부터 들려오는 사랑하는 이의 목소리"는 누구의 목소리인
지, "슬픔의 힘이" 어떻게 "우리가 사는 이곳을 열반으로 만"드는지 전
혀 알 수가 없다. 80년대의 고통을 시인은 컷 코베인의 절규에 의탁한다.
위시카강의 강둑으로부터 들려오는 목소리가 왜 '슬픔의 힘'인지 우리

---

2) 나는 이상하게도 이 구절이 너희들은 컷 코베인의 노래보다 못한 바보스런 삶을 살고 있구나 하는 시인
의 비난으로 들린다. 사실 컷 코베인의 치열한 삶이 투영된 가사들보다 못한 시들이 이 세상에 서정이라는 이
름으로 얼마나 많이 생산되고 있는가.

는 이제야 알 수 있다. 독자는 너바나의 노래와 시인의 시를 같은 맥락에서 파악해야 한다.

　너바나라는 대중가수에게 시를 양여한 사실이 작품의 가치를 떨어뜨린다는 판단은, 시는 고급예술이고 대중음악은 저급한 상업주의의 쓰레기일 뿐이라는 시대착오적인 사고의 소산이 되고 만다. 순수 예술과 대중 예술, 고급 예술과 대중 예술을 갈라내어 편파적으로 판정하는 우스운 시도들이 횡행하는 현실 속에서 박정대의 시가 대중 예술에 창작의 뿌리를 대고 있다는 사실은 지배 담론에 대항하려는 단절과 거부의 시도로 읽힐 수 있다.

　시인은 열반과 사랑과 고통과 슬픔이라는 단어들이 지니는 규범적 의미를 비틀어서 진정한 사랑과 고통과 슬픔이 무엇이며, 우리에게 열반이 과연 어떤 의미로 이해되어야 하는가를 컷 코베인의 목소리로 묻는다. "위시카강의 진흙강둑으로부터 들려오는 사랑하는 이의 목소리"를 들으며, "눈물 반 알코올 반의 습기에 찬" 삶을 부정할 수 있는 참된 "슬픔의 힘"이 "우리가 사는 이곳을 열반으로 만"들 것이라고 시인은 말한다. '그게 바로 열반이에요' 라고 말한다.

　밴드 '열반' 은 두 장의 라이브 음반을 냈다. 하나는 한때 유행했던 '플러그를 꽂지 않은' 것이었고, 다른 하나는 플러그를 꽂고 징징 울리는 기타음을 한껏 과시한 바로 '위시카강의 진흙강둑으로부터' 이다. 파괴적인 음악으로 청자를 열반에 빠질 수 있게 하는 컷 코베인은 고행승의 이미지를 지닌다. 시인은 컷 코베인의 처절한 삶을, 불꽃 같은 삶이 지녔던 반항의 이미지를 인식한다. 컷 코베인은 90년대 초에 '얼터너티브' 라는 새로운 음악 개념으로 세상을 경악하게 했다. 그는 가사(시)와 노래로 권력에 저항했고 세상을 저주했다. 그는 성공을, 주류로의 비자발적 편입을 견딜 수 없었다. 때문에 그는 자신을 살해했다. 자살의 코드. 이는 박정대 시에 등장하는 유명한 가수나 배우들의 공통점이다. 빅

컷 코베인

리버 피닉스

빅토르 최

토르 최,[3] 리버 피닉스, 컷 코베인이 그랬고 시인의 다른 시에 초대된 혁명시인 마야꼬프스끼 또한 스스로를 처형했다.

컷 코베인의 목소리로 "사랑하는 사람의 고통조차 나는 함부로 버릴 수가 없"다고 시인은 말한다. 시인은 텍스트 너바나 뒤에 숨는다. 이 시는 너바나의 라이브 앨범 『From The Muddy Banks Of The Wishkah』에 빚을 지고 있다.

로큰롤 헤븐 로큰롤 헬!

시에 중첩되는 대중음악 텍스트를 모르는 경우 이해될 수 없는 다음의 시를 보자. 김태형의 시집 『로큰롤 헤븐』(민음사, 1995)의 표지에는 도어즈의 리더 짐 모리슨의 사진이 실려 있다. 김태형은 시집에 실린 여러 시에서 대중음악을 시의 제재로 사용한다.

「커트 코베인 듣는 밤」에는 기타리스트 스티브 클락과 데프 레퍼드의

---

3) 시집 『단편들』의 「어떤 죽음에 관한 記錄—불한당들의 세계사 3」에는 러시아의 고려인 가수 빅토르 최의 노래 「나의 친구들」의 가사가 인용되어 있다. 이 작품에서 빅토르 최의 가사는 '왜 이렇게 살면 안된단 말인가'라는 시의 주제를 드러내는 중요한 텍스트이다. 빅토르 최의 텍스트를 박정대는 보르헤스 식으로 '다시 쓰기'한다. 보르헤스처럼 현재의 언어로 전대의 텍스트를 '다시' 쓰는 형태는 아니지만, 박정대의 텍스트 속에서 빅토르 최의 「나의 친구들」은 새롭게 읽힌다. 반항하는 젊음만이 찬양받을 수 있다는 주제를 위해 시 속의 다른 텍스트가 온전한 역할을 맡는다. 박정대의 시에 들어 있는 수많은 텍스트들이 새로운 의미를 지니는 다른 텍스트로 변양되는 전범을 보여주는 이 시에서 '後後後'는 빅토르 최의 죽음 이후를 의미하면서, 동시에 세상을 비웃는 시인의 태도를 드러낸다.

외팔이 드러머 '릭 알렌'이 등장한다. 화자는 "커트 코베인의 미친 듯이 저 숨막히는 절규"를, "탯줄에 엉긴 듯 몸부림치며 스멜스 라이크 틴 스피리트"를 듣는다. 김태형에게 대중음악, 그 중에서도 록 음악은 환멸스런 현실의 고통을 박살내는 자폭용 폭탄이다. 김태형은 록 음악을 "검은 방아쇠가 되어 바닥까지 뛰어내리는 것"으로 인식한다. 그에게 '저 너머'와 '지금, 이곳'은 헤븐과 헬로 대비된다. 천국과 지옥을 가르는 철조망이 록 음악이다.

「짐 모리슨을 듣는 밤」에는 레드 제플린의 「신스 아이브 빈 러빙 유」, 헬로윈의 「어 테일 워즌트 라이트」,[4] 아시아의 「온리 타임 윌 텔」 같은 노래 제목이 인용되었다. 화자가 술집 '도어즈'에 들어간다. "도어즈의 어둔 문이 삐걱 열렸다 닫힌다 갑자기 / 믹 재거가 흐느끼듯 괴성을 지르기 시작한다." '그녀'의 삶은 도어즈의 노래 제목이 지니는 의미대로 기술된다. "하나 하나 찢겨진 자신을 떠올린다 웨이팅 포 더 선 / 라이트 마이 파이어 욕조 속 강간당하는 장면 스아스아 / 푸우 푸 물 속으로 점점 짓눌려 질식사하는 그녀 / 그녀는 짐 모리슨의 시를 중얼거린다." 음악이 끝났지만 약물에 취한 그녀는 자리를 뜨지 못하고 "다시 주저앉는다 이제 더 이상 도어즈는 없다 디 엔드." 도어즈의 명곡 「Waiting For The Sun」, 「Light My Fire」, 「The End」 같은 노래가 시의 의미 형성에 중요한 역할을 담당한다.

이 이외에도 김태형의 시에서 대중음악은 음울한 청년 문화의 세기말적 단면을 드러내는 중요한 코드로 사용된다. 「락 매니아 케이스 바」, 「락 페스티발 퍽 유」, 「그런지 보이」 같은 일련의 시들을 보라.

난 저 막돼먹은 아드레날린 중독자들과는 다르다 / (……) / 이봐 오늘 밤 네 온몸을 샅샅이 혀로 핥아 주겠어 / 메가데스 헬리콘 잉베이의 다크

---

4) 「어 테일 워즌트 라이트」의 원제는 「A tale that wasn't wright」이다.

에이지스 / 크라잉 아니 난 지금 유시키의 목소리가 미치도록 듣고 싶어 /
그룹 엑스 아무도 없는 데서 어라이브를 / 그런 다음 자 내 지프를 타는거
야 / 어때 부르르릉 이 매캐한 휘발유 냄새 / 온몸의 성감대를 구석구석 단
번에 찾아내는 엔진의 진동 / (……) / 오오 엔드리스 레인 자 이젠 메탈리
카를 들어야 해 / 레드 핫 칠리 페퍼스를 틀어도 좋을거야 / 빗속으로 시속
백구십 이백 어때 숨쉬기조차 힘들지 / (……) / 그래 넌 이미 찢어졌지 그
래서널 밤새도록 핥아 주고 싶었어 / 아픈 데 외로운 곳 너의 상처를 잘 끝
이라구 / 이젠 돈 크라이가 듣고 싶어 울지 마 곧 끝이야

—「메탈 지프」 부분

　자본주의 하위 문화를 적나라하게 드러내는 장치들. 김태형의 시에
끌려온 대중음악들. 그것들은 김태형이 시를 썼던 1990년대 중반의 서
울, 강남이나 신촌 일대의 부르주아 청년들의 삶을 숨김없이 까발리는
고발 장치들이다. 그들에게는 세계도, 인생도 존재하지 않았던 듯하다.
시인이 옮겨놓은 그 시대의 그곳에는 과연 누가 살았던 것일까. 그의 시
집에는 우리 사회의 한 부분을 차지하는 자본주의적 퇴폐의 불빛이 뚜
렷하다. 시집 『로큰롤 헤븐』에서 록 음악은 사람들에게 행복을 가져다
주는 음악이 아니라, 일부 젊은이들에게 해방구를 열어보이는 환각제로
그려진다. 『로큰롤 헤븐』의 다른 시들, 「작은키나무숲」이나 「화염나무
숲」 같은 작품에 드러나는 '저 너머' 의 은일적 자연 풍경은 이러한 결과
를 더욱 도드라지게 만든다. 시인이 사는 서울에는 메탈 지프를 탄 채 헤
비 메탈의 굉음에 헤드 뱅잉하며 성적 흥분을 맛보는 탕아들이 산다. 그
들은 트래쉬 메탈을, 건즈 앤 로지즈의 「Don' t Cry」를 탐닉한다. 그것이
거짓임을, 그것이 삶의 바람직한 양상이 아니라는 것을 김태형은 대중
음악, 그 중에서도 록 음악을 동원하여 설파한다.
　김태형은 록 음악의 가사를 거세한다. 그의 시에서 대중음악의 고유

명사들은 의미와 무관한 주관적 기호로 사용된다. 거세된 의미가 새로운 의미로 전진하지 못한다. 대중음악은 텅 빈 허공에 울리는 무질서한 소음에 불과하다. 질서와 평화를 압살하는 광란의 분위기가 시에 팽배하다. 부정해야 할 삶의 양식이 있고, 왜곡된 대중음악의 한 형식이 있다. 그 모든 것이 김태형의 시에 들어 있다.[5]

낡은 노래, 새로운 의미

신라의 토착 종교 風流에서, 그 신도들 후손의 피바람으로 이루어진 / 國風 81, 김범룡의 바람 바람 바람, 바람자만 붙으면 붐붐 히트하는 / 최근 가요계 현상까지, 수천 년 변치 않고 이어지는 우리나라 / 거대한 바람의 계보, 바람잡는 역사 // 유능한 야바위꾼일수록 바람잡이를 많이 거느린다지 // 바람이려오, 바람 잔뜩 몰고 온 줄 알았다가 / 솔바람만도 못한 득표를 한 어느 후보자는 늘 바람이 바램으로만 / 끝나는구만 투덜대며 바람에 옷깃이 날리듯 떠나가고 / 신바람 난 승리자는 늘 표정 관리를 하며 약속은 바람처럼 / 사라져버리는 선거 바람의 길고 긴 뒤안길 / 찬바람이 불면, 잊은 줄 아세요 하지만 어디 쉽게 지워질 상처인가 / 수천 년 동안 우리의 뇌리에 눌러붙어 있는 신라 바람신의 포효, / 그 바람교도들의 후예 앞에서 바람 운운하는 건 뻔데기 앞에서 / 주름잡는 격, 주름잡힌 절망, 가수 이지연이 / 수천 년 묵은 바람신의 거대한 그림자를 향해 애절하게 외친다 / 바람아 멈추어다오! / 바람아 멈추어다오!

—「바람의 계보학, 이지연론-바람아, 멈추어다오」 부분

---

5) 김태형의 시에 인용된 대중음악들. 밴드 Def Leppard의 기타리스트 Steve Clark과 드러머 Rick Allen, Nirvana의 앨범 『Smells Like Teen Spirit』, Led Zeppeline의 「Since I've Been Loving You」, Helloween의 「A Tale That Wasn't Wright」, Asia의 「Only Time Will Tell」, 메탈 밴드 Megadeth와 Helicon, Yngwie Malmsteen의 「Dark Ages」, X-Japan의 멤버 요시키와 노래 「Endless Rain」, 트래쉬 메탈의 제왕 Metallica, 미국 밴드 Red Hot Chilli Peppers, Guns & Roses의 명곡 「Don't Cry」.

지금은 영화 감독으로 유명한 유하의 시집 『바람부는 날이면 압구정동에 가야 한다』에 실려 있는 작품이다. 시가 흡수한 가수와 노래 제목을 시인은 작품의 말미에 밝혀놓았다. "「바람이려오」「바람에 옷깃이 날리듯」「약속은 바람처럼」「찬바람이 불면」: 각각, 이용, 이상우, 민해경, 김지연의 노

국풍 81

래." 또한 가수 이지연이, 그녀의 노래 「바람아, 멈추어다오」가 부제로 사용되었다.

'선거 바람'에서 시는 시작된다. 올바른 정치적 판단이 선거에 작용하지 못하는 상황을 비판하기 위해 시인은 대중가요의 제목을 끌어들인다. 불어왔다가 흔적도 없이 사라지는 바람처럼 한때 선거 열풍이 있었다. 언제 그랬냐는 듯 시인이 서 있는 지금, 여기는 고요하다. 정치는 정치이고, 삶은 삶이다. 선거는 대표자를 뽑는 행위에 불과하고, 뽑힌 자와 뽑은 자 모두가 선거가 있었다는 사실을, 선거의 의의를 잊어버렸다. 시인은 쇼에 불과한 정치를, 선거를 비판한다. '국풍國風'6)은 광풍에 불과했다. 나라에 선거 바람이 불었고, 국민들은 "바람자만 붙으면 붐붐 히트"치는 유행에 휩쓸렸다. 선거에서도 바람잡이들이 판친다. 바람만 타면 정책이나 이념과 상관없이 당선될 수 있다. 당선자들은 "유능한 야바위꾼"처럼 "바람잡이를 많이 거느"린다. 시인은 정치인을 야바위꾼으로

---

6) '국풍 81'은 한국신문협회가 주최하고 KBS와 MBC가 행사준비와 운영을 맡았다. 1981년 5월 28일부터 6월 1일까지, 지금은 공원으로 바뀐 여의도 광장(5 · 16광장으로 불리기도 했다)의 아스팔트 바닥에서 개최되었다. 개막행사, 민속제, 전통예술제, 젊은이 가요제, 연극제, 학술제 등이 열렸다. 전통에 대한 관심을 불러일으킨다는 것이 목적이었다. 이 강요된 잔치는 5 · 18 항쟁을 무력으로 진압하고 집권한 전두환 정권이 국민의 불신을 회석시키기 위해 계획한 여론 호도책에 불과했다. 가수 이용은 이 행사로 데뷔했다.

비유한다. 우리의 역사는 한낱 "바람잡는 역사"에 불과했다. 그것은 "신라의 바람신이 아직도 이 땅의 헤게모니를 잡고 있"기 때문에 벌어진 일이다. 선거는 끝났다. 선거판에 모였던 사람들은 "바람에 옷깃이 날리듯" 떠나갔다. "신바람 난 승리자는 늘 표정 관리를 하"고, 그의 "약속은 바람처럼 / 사라져버"렸다. "선거 바람의 길고 긴 뒤안길"에 "찬바람이 불면, 잊은 줄 아세요"라고 가수가 노래한다. 이러한 현실을 지우고 싶은 시인은 가수 이지연의 텍스트에 의탁해 "바람아 멈추어다오"를 외친다.

유하는 대중음악을 끌어들여 현실을 비판한다. 각각의 노래들은 시의 맥락에 따라 의미의 변화를 겪는다. 가수 이용, 이상우, 민해경, 김지연, 이지연은 시 속에서 노래를 부른다. 시인이 마련해놓은 의미 맥락에 맞춰 자신들의 노래가 지니는 의미와 상관없이 노래한다. 그들의 노래는 시 속에서 새로운 텍스트로 탄생된다. 비판의 노래가 된다. 사랑타령을 하던 가수들이 시에 등장하여 비판하고, 조롱하는 역할을 맡는다. 노래는 시인에 의해, 시와 결합되어 새 텍스트로 변화된다.

대중음악과 시의 상호텍스트

가슴속이 텅텅 비어 바람소리가 머물곤 할 때 Child in Time의 오르간에게 편지를 쓴 적이 있다

―「낡은 서랍 속에서 3-구두」 부분

시집 『어머니가 촛불로 밥을 지으신다』에 실려 있는 이 시에 사용된 Deep Purple의 노래 「Child In Time」. 선율을 만들어내는 오르간 소리와 "가슴속이 텅텅 비어 바람소리가 머물곤 할 때"의 이미지 유사성.

저 오래된 여인숙

Quella Vecchia Locanda // 두 겹의 꿈을 꾸었던 곳

― 「닫히지 않는 문 2」 부분

Quella Vecchia Locanda의 앨범 커버

이탈리아의 아트 록 밴드 'Quella Vecchia Locanda'를 번역하면 '저 오래된 여인숙'이다. 시인은 시의 배경으로 아주 오래된 여인숙을 지목한다. 그는 그곳에서 "두 겹의 꿈"을 꾼다. 시인에게 'Quella Vecchia Locanda'는 무슨 의미를 지니는 것일까. 왜 시인은 이탈리아 아트 록 밴드를 시에 삽입시켰을까. 그는 Quella Vecchia Locanda의 음악이 지니는 분위기에 시를 빚지고 있는가, 아니면 그들의 가사를 시에 인용하였는가. 우리에게는 이러한 의문을 풀 길이 없다. 정재학의 시를 만드는 대중음악 텍스트의 구체적인 양상은 다음의 시에서 확인된다.

빛나는 / 아프게 빛나는 가죽 부츠 / 어둠 속의 가죽 채찍을 든 여자아이여 / 당신의 북소리에 노예가 달려옵니다 / 그를 버리지 마세요 // 후려쳐 주세요, 사랑하는 여왕이여 / 그리고 그의 마음을 치료해 주세요 // 검은 모피, 숭배 받는 오만함 / 저녁의 네온에 지친 연약한 죄악들 / 그녀의 살빛을 따르네 // '나'라는 노예, 메신저, 허상 / 나는 당신을 거기에서 기다린다 // 눈부신 가죽 부츠에의 키스 / 어둠 속에서 빛나는 가죽 / 채찍의 헛바닥이 나를 기다리는구나 // 사랑하는 여왕이시여 / 후려침으로써 나의 상처를 치료해 주세요 / 아무 자극 없이 당신의 매가 / 내 피부를 드나들 때까지 // 무릎을 꿇어라 / 가볍지 않은 사랑 속의 채찍을 맛보아라 / 나를

위해 피를 흘리거라 // (……) // 아프게 빛나는 가죽 부츠 / 어둠 속에서 가죽 채찍을 든 여자아이여 / 당신의 눈물 속으로 노예가 달려옵니다 / 그를 버리지 마세요 / 후려쳐주세요, 사랑하는 여왕이여 / 그의 상처를 치료해주세요

―「모피 입은 비너스」 부분

빛나는, 빛나는, 빛나는 가죽 부츠 / 어둠 속에서 여자 아이를 후려갈긴다 / 곤봉과 벨, 너의 종을, 그를 버리지 마라 / 때려라, 사랑하는 여왕이여, 그리고 그의 마음을 치료하라 // 환상적인 가등街燈의 부드러운 죄악 / 그녀가 입고 있는 옷들을 쫓아 / 담비 가죽은 오만함을 돋보이게 하고 / 가혹, 가혹이 그곳에서 너를 기다린다 // 나는 피곤하고, 나는 진저리치고 / 나는 수 천년 동안 잠들 수 없었는데 / 나를 깨웠던 수천의 꿈이 / 눈물을 이룬 다른 색깔들 // 빛나는, 빛나는 가죽부츠에 키스하라 / 어둠 속에서 빛나는 가죽에 / 채찍의 혀에, 너를 기다리는 벨트에 / 때려라, 사랑하는 여왕이여, 그리고 그의 마음을 치료하라 // 가혹, 가혹, 아주 약하게 말하는 / 가혹, 무릎 꿇은 너에게 쏟아지는 / 채찍질을 맛보라, 쉽게 주어지지 않는 사랑에 빠져 / 채찍질을 맛보라, 지금 나에게 간청해보라

―Velvet Underground, 「Venus In Furs」 가사 부분

시인은 시의 말미에 "벨벳 언더그라운드의 「Venus In Furs」 가사를 변주했음"을 밝힌다. 인용된 시와 가사에서 「모피 입은 비너스」와 「Venus In Furs」의 상관 관계를 알 수 있다.

시인은 벨벳 언더그라운드의 가사를 토대로 하여 자신의 시를 전개시켜 나간다. 시와 노래 모두 사도-마조히즘을 주제로 다룬다. 밴드의 리더 루 리드과 시인의 시선은 겹쳐진다. 가죽 부츠를 신고, 가죽 채찍을 든 여자아이에게 시인은 말한다. 채찍으로 후려갈길 듯한 오만한 태도의

여자아이에게 시인은 간청한다. 그녀의 폭력성을 모르는 듯이 노예들이 모여든다. 시인은 '그를 버리지 말라'고 애원한다. 시에 등장하는 '그'는 누구인가. '그'를 '나'로 치환해보면, 사도-마조히즘을 직접적으로 체험할 수 있다. 이 때, "후려쳐주세요, 사랑하는 여왕이여 / 그리고 그의 마음

벨벳 언더그라운드

을 치료해 주세요"는 그녀에게 매를 맞으면 '나'의 마음이 치료될 수 있다는 의미로 전환된다.

학대하는 자와 학대받는 자는 샴쌍둥이이다. 처벌하는 자와 처벌받는 자는 상호주체이다. 때리는 자는 자비와 사랑이라고 여기고, 맞는 자는 황홀과 구원으로 받아들인다. 두 주체들의 화합이 이루어진다. 숭배하는 자에 의해 숭배받는 자가 탄생한다. 맞는 자가 없으면 때리는 자도 존재할 수 없다. 이상하게도 때리는 자는 맞는 자에게 지배된다. 학대-피학대 관계로 묶인 짝들의 관계는 쉽게 역전된다. 학대받는 자가 학대하는 자를 지배하게 된다. 주체와 대상이 분간되지 않는다. 시인은 검은 모피를 입은 여자아이, 여왕에게 맞고 싶어 한다. 아니다. 시인은 검은 여왕이 되어 세상을 향해 채찍을 휘두르고 싶어 하는지도 모른다. 텍스트의 선택 과정에 자신의 욕망이 투영된다는 사실을 시인은 인식했을까. 사디즘과 마조히즘의 공고한 결탁을 의도한 것은 아닐까.

정재학이 의도했던 가학-피학의 역전, 표현하고자 했던 주-객체의 융합은 전적으로 벨벳 언더그라운드의 노래에 빚진다. 영어가 한국어로 번역되었고, 번역된 가사는 시인의 시가 되었다. 시와 가사의 상호 소통 관계가 어떻게 펼쳐지는가를 예증하는 적절한 예이다.

대중음악과 시의 혼종

이 비가 내리길 정확하게 11개월을 기다렸다. / 훨씬 전에 권총은 녹슬었고 장미는 시들었다. / 엑슬은 녹슬, 슬래쉬는 시들, 밴드 권총과 장미. / 나는 전쟁과 평화를 말했고 남들은 남녀의 성기를 말했다. / 나는 남북전쟁을 말했고 남들은 시가전을 말했다. / 나는 인내를 말했고 남들은 환자를 말했다. / 객석으로 술병을 던지던 지구상에서 가장 난폭한 밴드. / (……) / 그래, 11월의 신부와 관 속에 들어가련다. / 11개월 동안 죽자고 나는 애들립만 쳤다. 죽자고 나는 기우제만 지냈다. / 11개월 동안 한 번도 11월의 비는 내리지 않았다. / 11개월 동안 나는 정신차린듯 미쳤다. / 젠장 뮤직비디오와 라이브 클럽은 항상 혼동된다. / 이제 녹슬고 시든, 죽은 그들의 라이브 클럽을 나는 본다. / 내가 미치고 싶은 것도 당연하다. 정신차리고 싶은 것도 당연하다.

—박장호, 「11월의 비」 부분(『2005 젊은 시』)

시의 배경이 무엇인지를 시인은 작품의 후미에 밝힌다. "이 시는 록밴드 Guns and Roses의 곡명과 뮤직 비디오를 사용했음." 밴드 '권총과 장미'의 연원이 이것이다. 시인은 밴드의 명곡 「November Rain」의 뮤직 비디오를 본다.

11월에 비가 내린다. 밴드의 곡명이 시의 도입부에 제시된다. 밴드의 이름 권총과 장미가 시의 둘째 행에, 밴드의 멤버 이름 '엑슬'과 '슬래쉬'가 셋째 행에 노출된다. 시인은 그들의 노래를 듣는다. 시인은 '나'와 '남'의 갈등을 말하기 시작한다. 전쟁과 평화 대 남자의 성기와 여자의 성기, 남북전쟁 대 시가전, 인내 대 환자. 시인과 타인들의 대립은 쉽게 해소될 것 같지 않다. "지구상에서 가장 난폭한 밴드"의 라이브 연주 실황을 감상하면서 시인은 세상과 자신의 대립 구도가 얼마나 난폭한 것인지를 실감한다. 난폭한 세상을 난폭한 행동으로 처치할 수 있다고 생각한다.

시인은 비디오 플레이어의 재생 버튼을 누른다. "그래, 11월의 신부와 관 속에 들어가련다"는 구절부터 밴드의 뮤직 비디오 「Novem

「11월의 비」 뮤직 비디오의 한 장면

ber Rain」의 서사가 등장한다. 결혼식장에서 갱들에 의해 살해된 신부. 밴드는 관 위에 떨어지는 빗줄기를 바라본다. 11월의 신부가 죽었다. 신부의 관은 차가운 비에 젖는다. 눈물도, 흐느낌도 감지되지 않는다. 처참하게 스러져간 꽃다운 신부의 죽음을 감싸는 선율. 빗줄기를 뚫고 날카로운 기타 연주가 들려온다.

11월에 내리는 비를 시인은 쳐다본다. 11월의 차가운 금속성 비를 맞는다. 시인은 밴드 건즈 앤 로지즈를 호출한다. 그들의 음악과 뮤직 비디오를 시에 초대한다. 시는 건즈 앤 로지즈의 「November Rain」과 겹쳐지면서 새로운 텍스트가 된다. 밴드의 노래가 시인에 의해 바뀐다.

미칠 것 같은 현실을 부정하기 위해 시인에게 필요한 것은 '권총과 장미'이다. 세상을 향해 발포할 권총 한 자루가, 어두운 현실 너머의 아름다움을 포착하게 하는 장미 한 송이가 있다. 시인은 광기에 사로잡히고 싶어 한다. 그러나 그는 미칠 수 없다. '정신차려야 한다.' 그는 11월의 비처럼 차갑게 자신을 노려본다. 「November Rain」을 들으면서 그는 현실과 현실 너머를 동시에 바라보려고 한다. 정상적으로 살기 위해 시인에게 필요한 것은 정상적인 삶의 가치에 대한 인정이 아니다. 시인은 한 번이라도 지금의 여기를 벗어나고 싶어 한다. "남들은 정상적으로 살라고 내게 말했다." 정상과 비정상을 시인은 구분하려고 하지 않는다. 정상과 비정상의 차이를 결정하는 기준은 없다. 무엇이 정상이고, 무엇이 비정상인지를 시인은 인식하려고 하지 않는다. 시인을 위해 "권총과 장미는 노래한다. 어둠은 신경 쓰지 말라고. / 길을 찾을 수 있다고. / 영원한 것은 없다고. 11월의 비조차도." 노래와 현실의 간극 때문에 시인은 더욱 괴로워한다. "그래서 미치겠다"고 말한다. 미치기를 강요당하는 시인에게 밴드 '권총과 장미'의 '11월의 비'가 들려온다.

대중음악과 시의 혼종을 더욱 극적으로 보여주는 진이정의 다음 시를 보자. 트래쉬 메탈 밴드 '메탈리카'라는 고유명사가 시인의 언어와 반응하여 충격적인 비유로 탄생된다. 메탈리카의 음악과 비가 만나 비유의 극단에 다다른다. 시인의 언어와 메탈리카가 결합되어 장맛비를 구체화하는 금속성 비유가 만들어졌다.

무엇을 원하는지 / 하늘의 기타줄이 끊어졌는지 / 머리를 치렁치렁 기른 빗줄기들이 / 새벽부터 내 창문을 두드렸다 / 헌데, 찰나 나의 망상은 최치원의 한시로 달려갔던 거다 / 이런 것이 문화의 힘이고, 전통의 생명력일까 / 내가 빗줄기를 헤비메탈 같다고 느끼는 사이 / 내 마음 속에선 / 창밖에 삼경의 비 내리는데 / 등앞엔 만리의 마음 달리는구나 / 라는 시구가 떠오른 것이다 / 오로지 그것뿐이었다 / 나의 무의식과 무교양을 한참 동안이나 탓해 보았지만 / 아무런 소용이 없었다 / 그러다 보니, 전국이 / 장마권에 들었다는 새벽 라디오의 기상예보조차 / 내겐 이상스레 들리는 거였다 / 전국이라니 어느 나라의」 / 당나라, 아니면 대식국」 // @ // 천축국, 나란타 대학 한모퉁이엔 / 향수를 이기지 못한 서라벌의 승려가 아직도 누워 있다 / 〈메탈리카〉 같은 빗줄기 속에서 / 나는 그를 기억한다

—진이정, 「헤비메탈 같은 비」 전문(『거꾸로 선 꿈을 위하여』)

내 인생은 재즈라기보단 헤비메탈이다[7]

헤비메탈과 어울리는 시인이 있다. 그의 시는 울부짖음이다. 그의 시는 최초이자 최후이다. 그 양 극단에서 한 치도 어긋나지 않는다. 그는 시집 한 권을 내고 우리 곁을 떠났다. 그를 위해 우리가 할 수 있는 일은 아무것도 없다. 그의 시는 읽히지 않는다. 그의 시는 저 위에서 우리를 거느릴 뿐이다. 우리는 그의 시를 쳐다보면서 두려워한다. 이토록 생생한 절규가 언제 있었던가. 소름 돋는 육성의 포연이 자욱하다. 우리는 그의 언어에 마땅히, 그가 바랐던 대로, '헤비메탈'이라는 칭호를 부여해야 한다. 단순하지만 빠르고, 과격하지만 엄정하고 순정한 금속의 파열음이 우리를 전율에 빠뜨린다. 흐느끼는 금속의 목소리에 피부가 반응한다. 심장이 덜컹거린다. 우리의 영혼을 뒤흔드는 진이정의 노래.

엘 살롱 드 멕시코가 그립다 / 난 왜 그리움 따위에만 허기를 느끼는 것

---

7) 진이정, 「거꾸로 선 꿈을 위하여·2」, 『거꾸로 선 꿈을 위하여』, 세계사, 1994. 이하의 시는 모두 위의 책에서 인용함.

일까 / (……) / 그날 살롱 멕시코, 어둡고 초라한 이국의 병사들 틈에서 /
딸라 한닢 없던 외삼촌만이 명랑하게 딸랑거렸다 / 샌드위치와 위스키를
시키고 나서 / 용케 합석시킨 지아이의 붉은 뺨에 뽀뽀하던 외삼촌, / 그립
다, 어수룩한 그 백인 병사마저 / 엘 살롱 드 멕시코 / 이젠 자꾸만 들어가
고 싶은 / 그래 캠프 페이지 위병초소의 산타클로스와 함께 / 딱딱한 미제
사탕을 입에 물고 예배당을 두리번거리던 나, 나 / 성조기는 사라져도 그
단맛만은 영원하리라 / 나의 엘 살롱 드 멕시코를 적시는 / 외삼촌의 스트
레이트 위스키처럼, 여태 숙취로 남은 그 취기처럼, / 그 옛날의 그리움에
어느새 난 샌드위치되어 있다 / 내 해탈한 뒤라도 그 그리움만은 영겁토록
윤회하리라 / 엘 살롱 드 멕시코

—진이정, 「엘 살롱 드 멕시코」 부분

엘 살롱 드 멕시코는 어디에 있을까. 이태원이나 보광동 그것도 아니
면 남한 땅 어느 곳의 미군 기지 부근. 그곳을 배회한다. 사탕을 먹기 위
해, 미군이 던져주는 '쬬꼬렛'을 받기 위해 오늘도 미군 병사들을 쳐다
보면서 웃는다. 그들이 외면했다고 해서 실망하면 안된다. 할 수 있는 한
배고프게 보여야 한다. '나'는 최대한 비참해져야 한다. 꿀꿀이죽이라
도 먹을 수 있다면, 배고픔을 잊을 수만 있다면 뭐라도 할 것이다. 그들
이 하라는 대로 할 것이다. 군화를 핥을 것이다. 고추를 보여달라면 바지
를 내릴 것이다. 엘 살롱 드 멕시코 앞에서 '나'는 미군을 기다린다.
　시인의 그리움이 우리를 무참하게 한다. 그는 말한다. "왜 그리움 따
위에만 허기를 느끼는 것"인가. 그리움은 왜 질병처럼 우리를 무기력으
로 물들이는가. 그 배고픔과 굴욕을 잊어야 하는데, 왜 그리움은 죽지 않
고 찾아와 우리를 괴롭히는가. 외삼촌, 어서 나와요. 외삼촌 어서 '나'에
게 돈을 줘요. 배고파요. 외삼촌, 그들에게 맞지 말아요. 그들에게 웃음
도 주지 말아요. 외삼촌의 한 끼에는 붉은 눈물이 배어 있어요. "지아이

의 붉은 뺨에 뽀뽀하던 외삼촌"이 너무 그리워요. 그날이 그리워서, 온통 통증만 남아서 '나'는 '나'를 견딜 수가 없어요. 날 지워버릴 수 있다면, 날 제거할 수 있다면, 날 죽일 수 있다면 그리움에 무릎이라도 꿇겠어요. 그리움이 날 할복시켜도 좋아요. 외삼촌, 보고 싶어요. 그날은 사라졌지만, "그 단맛만은 영원"해요. 외삼촌, 당신을 향한 '나'의 그리움도 영원해요. "나의 엘 살롱 드 멕시코를 적시는 / 외삼촌의 스트레이트 위스키처럼" 식도에 쩌르르 경련을 일으키는 그리움. "여태 숙취로 남은 그 취기처럼" 옛날이 붉은 혀를 날름거려요. '나'는 그리움의 덫에 걸린 쥐새끼 같아요. 그리움 사이에 낀, 덫에 걸려 곧 잡아먹힐, 가련한 쥐새끼는 지금 "그 옛날의 그리움"에 포박되었어요. "어느새 난 샌드위치되어 있"어요. 외삼촌의 맑은 웃음이 이제는 생각나지 않아요. 태양은 다시 빛나지 않을 거예요. '나' 죽은 뒤에도 "그 그리움만은 영겁토록 윤회"할 거예요. 엘 살롱 드 멕시코는 영원하겠지요.

진이정은 시집 한 권을 남기고 사라졌다. 진이정의 시가 포식한 대중음악을 천천히 따라 들으려 한다. 그날 엘 살롱 드 멕시코의 어둠을 휘저었을 노래들. 진이정이 사랑했을 노래들. 시인의 외로움과 그리움을 다독이지 못하고, 외려 그를 더욱 아프게 했을 노래들. 유행가, 유행가, 신나는 노래, 모두 함께 불러보자.

아버지를 이해할 것만 같은 밤,

남인수와 고복수의 팬이던 아버지는

내 사춘기의 송창식을 끝내 인정하지 않으셨다

그런 아버지를 이해할 것만 같은 밤,

나는 또 누구를 인정하지 못하는 것일까

나부턴 열린 마음으로 살고 싶었다

이 순간까지도 나는, 서태지와 아이들

그 알 수 없는 중얼거림을 즐기려고 애써 왔다

허나 당신을 이해할 것만 같은

밤이 자주 찾아오기에

나는 두렵다

나는 무너지고 있는 것일까

―「애수의 소야곡」 부분

아버지와 아들이 서로를 이해할 수 있다는 말을 나는 믿을 수 없다. 아니 믿지 않기로 한다. 아버지와 아들이 어떻게 서로를 이해하고 아끼고 사랑할 수 있단 말인가. 아버지와 아들은 서로를 거세하기 전에는, 서로를 제거하기 전에는 절대로 이해할 수도 없고 이해될 수도 없다. 아버지는 아들을 만들었으나, 그렇다고 아버지가 아들의 주인은 아니다. 저를 만들어준 아버지이니까 아들은 당연히 아버지를 존경하고 사랑해야 하는가. 나의 머리통을 두드려요, 라스 울리히처럼, 통통, 수박이 잘 익었나 알아보듯이, 더 세게 두르려요, 성적이 8등 떨어졌으므로, 나는 여덟 대를 맞아야 하지요, 바지를 내리고 팬티를 내리고 엉덩이를 내보이고 엎드려야 했어요. 당신의 대머리를 통통, 신나게 두드려요, 아기가 내 머리를 두드리듯이. 아버지는 날 두들겼는데, 아기가 날 만졌는데, 그러고 보니 아버지는 벌써 재가 되었지. 흐흐.

운다고 옛사랑이 오리요마는 / 눈물로 달래보는 구슬픈 이 밤 / (……) / 차라리 잊으리라 맹세하건만 / 못잊을 미련인가 생각하는 밤 / 가슴에 손을 얹고 눈을 감으면 / 애타는 숨결마저 싸늘하고나

―남인수 노래, 한산도 작사, 「애수의 소야곡」 부분

아버지와 아들이 만날 수 있는 방법은 「애수의 소야곡」을 나누는 일.

아버지가 좋아했던 그 노래를 아들이 듣는다. "운다고 옛사랑이 오리요마는", 지금 아들이 운다고 아버지가 살아 돌아오겠냐마는, 달리 할 일이 없으니까, "눈물로 달래보는 구슬픈 이 밤"에, 흘러넘치는 애수. 아버지는 남인수의 애달픈 목소리에 당신의 한 서린 생을 띄워보냈던 것이겠지. "차라리 잊으리라 맹세하건만" 아버지는 돌아갈 줄 모르고, '나'를 떠나지 않으려 하고, '나'에게 사랑한다고 애걸복걸한다. '무엇이 사랑인가요, 아버지.'

남인수와 고복수와 송창식과 서태지가 진이정의 시 속에서 우리를 쳐다본다. 노래는 죽지 않는다. 노래는 산 자와 죽은 자의 목소리를 구분하지 않는다. 노래 속에 아버지가 살아 있다. 시 속에 진이정도 살아 있다. "가부장의 달빛만 괴괴한, 이 이승의 쓸쓸한 밤"을 견딜 수가 없을 것 같다. 시인이 느꼈던 아득한 절망의 한 자락을 온전히 느낄 수만 있다면, 무슨 짓이라도 할 수 있을 것 같다. "아버지를 이해하는 게 왜 이리 두려운 일인지 / 잃어버린 그의 꿈이 왜 이리 버거운 짐인지" 모르겠다. 「애수의 소야곡」이 들려온다. 아버지와 이별한 지 오래되었다. 이 노래가 들리는 한, 아버지는 죽은 것이 아니다. '나'는 여전히 아버지와 함께 산다. 아직 '나'는 아버지와 이별하지 못한 것이다.

진이정은 우리를 녹다운시킨다. 진이정의 절규 앞에서 귀가 먹먹하다. 아무 소리도 들리지 않는다. 헤비메탈의 굉음이 다른 모든 소리를 죽여버린다. 진이정의 시를 읽으면서 저 너머의 침묵을 감지한다. 진이정은 그 누구보다도 소음과 침묵이 상통한다는 것을 잘 알고 있었다.

나는 상상할 수 없어 / 공자님의 섹스를 말야 / 인류가 짐승이 되는 시간의 오롯함 / 문명이라는 이름의 등잔에는 심지가 없네 / 그런데도 언제나 휘황하지 / 종말이 올 때까지, 우린 내처 즐기리라 / 난 무얼 위해 내 몸을 태우나 / 하늘에는 하느님의 걱정이 뻥 뚫려 있네 / 졸리워, 나는 한참 자

야겠어 / 늙을수록 향기에 예민해져 / 카시오페아에서 온 향기가 지금 막
내 코를 스쳤어 / 냄새 때문에 난 윤회하는 것이다 / 개처럼, 킁킁거리며 /
그러므로 인간이다 / 날 말려줘, 날 때려줘, 날 눕혀줘 / 저 언덕에 한 여자
가 서 있네

―「거꾸로 선 꿈을 위하여」10」 부분

공자님도 섹스했을 것이다. 그도 인간이었기 때문이다. 섹스를 하는
시간, 오르가즘에 도달하기 위해 헐떡이는 사람들. "인류가 짐승이 되는
시간의 오롯함" 앞에서 당신은 경건해진다. 5분 후에 지구가 멸망한다
고 해도 우리는 다음 생을 위해, 절망하지 않기 위해, 죽음을 넘어서기
위해, 최후의 순간까지, 온 존재를 던져 섹스하리라. "종말이 올 때까지,
우린 내처 즐기리라". 그런데, 당신은 무얼 위해 몸을 태울 것인지. 인류
의 절망을 극복시키기 위해 하느님은 섹스 하라고 명령하셨고, 당신과
나는 열심히 임무를 다하고 있고, 마침내 사정하고 났으므로, 졸음이 몰
려온 것. "졸리워, 나는 한잠 자야겠는데" 제발이지 한 번 더 하자고 하
지 말아요. 당신의 냄새 때문에 다시 욕정이 몰려와요. 이제 죽어줘요.
"늙을수록 향기에 예민해져" 가요. 당신의 체취가 "카시오페아에서 온"
듯해요. 아, 그렇군요, 이 향기, 언젠가, 나를 휘감았던 향기, 당신의 체
취였군요. "냄새 때문에" '나' 와 당신은 윤회하는 것. "개처럼, 킁킁거
리며" '나' 는 당신의 냄새를 빨아들여요. 냄새 맡을 수 있기 때문에, 개
처럼 킁킁거릴 수 있기 때문에 "그러므로 인간" 인 것입니다.

진이정이 외친다. "날 말려줘, 날 때려줘, 날 눕혀줘". 그는 그렇게 무
너져내렸을 것이다. 그의 절규가 귀를 마비시킨다. 아무것도 들을 수 없
다. 헤비메탈 뒤의 고요가 엄습한다. "저 언덕에 한 여자가 서 있"다. 그
녀가 흰 소음처럼 박혀 있다. 파열 후의 고요. 저 너머에 고요. 그 고요
속에서 발견한 여자.

내 인생은 변했어 // 대시인 고은과 마른 그 가수를 / 만나 본 / 어느 즈음 // ─어두운 내 맘에 불을 켠 듯한 추억 하나
　　─「흩어진 나날들-아무런 상관 없는 그런 사람들에게」 부분

우리는 강수지를 기억한다. '보랏빛 향기' 처럼 묘한 여자. 마른 국화처럼 가벼운 여자. 날아가는 씨앗처럼 하얗던 여자 가수. 강수지의 노래 제목과 가사의 일부가 시의 제목과 부제로 사용되었다. 윤상이 작곡하고 강수지가 작사한 발라드. 강수지의 끊어질 듯한 목소리, 솔잎 같은 목소리가 흘러간다. "어두운 마음에 불을 켠 듯한 이름 하나" 오늘밤 떠올린다. 진이정은 강수지를 사랑했을까. 진이정은 강수지의 노래를 들으면서 무엇을 생각했을까. 진이정은 강수지의 노래 가사를 조금 바꾸었다. 이름이 아니라 추억이다. 그는 추억에 불을 켜고 들여다본 후에 이렇게 말한다. "흐른다…… 흘러간다…… 내, 추억의, / 토막, 시체, 한때, 나의, 에메랄드들…… // (오 추억은 왜 엽기적여야만 할까요?)". 진이정에게 추억은 그토록 두려운 것이었을까. 추억을 궤멸시키려고 애썼던 그는 얼마나 큰 통증에 시달렸을까. 죽은 그를 생각하면서 나는 강수지의 노래 한 구절을 흥얼거린다. "그래 이제 우리는 스치고 지나가는 / 사람들처럼 그렇게 모른 채 살아가야지."

우리들을 위하여, 우리들의 시인
최승자를 위하여

최승자를 다시 읽게 만든 사람은 진은영이다.[8]

대학 시절, 성수동에서 이대 입구까지
다시 이대 입구에서 성수동까지
매일 전철을 타고 가며 그녀를 상상했었다.
이 많은 사람들 사이, 만약 당신이 앉아 있다면
내가 찾아낼 수 있을까?

우리들의 시인, 최승자에게
　　　　—「시인의 말」 전문 (『우리는 매일매일』, 문학과지성사, 2008)

1981년으로 돌아간다. 『이 時代의 사랑』을 읽는다. 최승자가 후세에

---

8) 제목 역시 진은영 시인에게 빌렸다.

게 미친 영향이나 그녀의 문학사적 위치를 나는 모른다. 아니 알고 싶지
않다. 최승자는 현재진행형이기 때문이다. 최승자의 시를 다시 읽는다.

> 날마다 나는 버려진 거리 끝에서 일어나네
> 지난 밤의 꿈 지나온 길의 죄
> 살 수 없는 꿈 살지 못한 죄.
> 그러나 지난 밤 어둠 속에서
> 나의 모든 것을 재고 있던 시계는
> 여전히 똑같은 카운트 다운을 계속하고 있다
>
> 달려라 시간아
> 꿈과 죄밖에 걸칠 것 없는
> 내 가벼운 중량을 싣고
> 쏜살같이 달려라
> 풍비박산되는 내 뼈를 보고 싶다.
> 뼛가루 먼지처럼 흩날리는 가운데
> 흐흐흐 웃고 싶다

—「버려진 거리 끝에서」 부분

　　무국적자의 불법 체류처럼, 밀항자의 긴장된 눈빛처럼. 충격 요법, 집
중 치료실, 신장 투석기, 인큐베이터. 최승자를 읽으면서 떠오른 생각들.
그리고 시간, 시간, 시간. "달려라 시간아" 나를 부서뜨려 흩날려라. 시
간이 흘러갑니다요. 시간이 나를 부식시킵니다요. 그래서 시간에게 빕
니다. 아예 날 뭉개세요. 롤러로 밀어버리세요. 아스팔트 바닥에 반건조
오징어처럼 누워드리리라.

시간 / 강물처럼 흘러가는 / 시간 / 나에게 손짓하는 시간 / 우리가 다시
만나야 할 때를 누가 알겠어요 / 그러나 시간은 / 강물처럼 계속 흘러가요
/ 바다로 // 내 사랑이여 안녕

—Alan Parsons Project, 「Time」 부분

에릭 울프슨의 부드러운 목소리에 최승자의 '시간' 이 겹쳐진다. 강물
처럼 흘러가는 시간에게 말한다. "달려라 시간" 이여, 미친듯이 흘러가
서 돌아오지 말거라. 그리고 사랑이여, 영원히 그곳에서 시간에 침탈당
하라. 바다에서, 하늘에서, 우주에서. 죽음 이후에 우리 다시 만나요. 그
대여, 내 사랑이여.

시간을 병 속에 모아둘 수 있다면 / 내가 제일 먼저 하고 싶은 것은 / 영
원한 세월이 흐를 때까지 / 하루 하루를 모아 두었다 / 그대와 함께 보내는
것 / 내가 만일 하루 하루를 영원히 지속시킬 수 있다면 / 만일 말로 소원
을 이룰 수 있다면 / 하루 하루를 보석처럼 모아 두었다 / 다시, 그대와 함
께 보내겠지만 / 그러나 시간이 충분한 것 같지 않아요 / 당신이 하고 싶은
것들을 하기에는 / 여기 저기 헤맨 후에 / 내가 시간을 보내고 싶은 사람이
/ 오로지 당신뿐이라는 것을 알았어요

—Jim Croce, 「Time In A Bottle」 부분

최승자의 '시간' 을 병 속에 담을 수 있다면, 짐 크로치처럼 병 속에 시
간을 담아 당신과 함께 "이 시대의 사랑"을 경험할 수 있다면, 나는 행복
할 것이다. 정말 시간이 충분한 것 같지 않아요. 당신은 지금 아프고, 당
신은 지금 저 먼 남쪽에 머무르고 있고, 당신이 담배를 피우는 모습이 눈
에 선한데…… 당신이 밤의 돈암동 거리에서 홀연 사라지던 모습, 지워
지던 모습 아른거린다. 모든 것이 가정법이로군요. 실제로는 이루어질

수 없는 것이군요.

<blockquote>

외롭지 않기 위하여

밥을 많이 먹습니다

괴롭지 않기 위하여

술을 조금 마십니다

꿈꾸지 않기 위하여

수면제를 삼킵니다.

마지막으로 내 두뇌의

스위치를 끕니다

</blockquote>

―「외롭지 않기 위하여」 1연

어두운 방이 보입니다. 그곳에서 나도 그랬습니다. 대학 자취 시절, 두려워서, 모든 것이 두려워서, 그리고 싫어서, 강소주를 마시고 낮부터 밤까지 잠을 잤습니다. 심야에 성시완, 전영혁을 들으면서 가끔 시처럼 생긴 글들을 끄적이면서 견디자 견디자 다짐했습니다. 수면제를 먹으면 지워질 수 있을까 묻기도 했습니다. 마음대로 머리통의 불을 끌 수 있다면 좋겠다고 생각했습니다. 간절하게 원했습니다. 불가능하다는 것을 알기 때문에 다시 술을 마셔댔습니다. 취해서는 외로워 외로워 못살겠다고 노상방뇨 고성방가에 매진했습니다.

<blockquote>

외로워 외로워서 못살겠어요 / 하늘과 땅 사이에 나 혼자 / 사랑을 잊지 못해 애타는 마음 / 대답 없는 메아리 허공에 지네 / 꽃잎에 맺은 사랑 이루지 못해 / 그리움에 타는 마음 달래 가면서 / 이렇게 가슴이 아플 줄 몰랐어요 / 외로워 외로워서 못살겠어요

</blockquote>

―차중락,「사랑의 종말」 전문

차중락의 미성 뒤로 깡깡이가 탱고 풍으로 울어댑니다. 그날들, 그날들 다 흩어졌습니다.

나는 최승자 때문에 우울하다. 아직도 뒤통수가 얼얼하다.

세상이 당신의 어깨에 떨어지려고 할 때 / 그리고 당신이 외롭고 왜소하다고 느낄 때 / 당신을 안아줄 누군가가 필요해요 / 당신이 정말 외로울 때 내 이름을 크게 부를 수 있습니다 / 당신은 이제 수줍어하지 말아요 당신은 외로울 뿐이에요

—J. D. Souther, 「You're Only Lonely」 부분

최승자의 시와 우리의 청춘을 지탱했던 것들. 괴로움, 외로움, 그리움. "청춘의 영원한 트라이앵글"(「내 청춘의 영원한」)이다. 이 황홀한 트리니티. 우리를 떠받치는 삼발이. 우리는 알콜 램프에 불과해요. 알콜을 들이붓구요, 머리-심지에 불을 붙이구요, 잠깐 타오르는 것이지요. 외로워 괴롭고, 괴로워 그립지요. 그리워서 외롭지요. 날 안아줄 누군가가 필요해요. 당신의 시, 제이 디의 가느다란 목소리 그리고 우리의 알콜, 알콜 솜. 주사를 맞으면 외롭지 않을까요. 그리움도 사라질까요.

요즈음의 꿈은 예감으로 젖어 있다.
무서운 원색의 화면,
그 배경에 내리는 비
그 배후에 내리는 피.
죽음으로도 끌 수 없는
고독의 핏물은 흘러내려
언제나 내 골수 사이에서 출렁인다.

물러서라!
나의 외로움은 장전되어 있다.
하하, 그러나 필경은 아무도
오지 않을 길목에서
녹슨 내 외로움의 총구는
끝끝내 나의 뇌리를 겨누고 있다.

—「외로움의 폭력」 전문

느와르 필름의 젖은 거리. 비가 내린다. 피가 흘러내린다. 골수 사이에서 출렁이는 "고독의 핏물" 그리고 외로움. 노리쇠가 총알을 물었다. 방아쇠를 당기면, 외로움이 머리통을 관통할 것이다. 나는 외로움 때문에 갈갈이 찢길 것이다. 피묻은 총알이 회전하면서 날아간다. 낙하점에 닿기 전에 총탄은 뚫어버린 사람의 체온을 간직할까. 외로움이라는 공포.

시간이라는 오물 밑에서 / 느낌이 사라지는데 / 당신은 다른 누구 / 나는 아직 이곳에 있는데 // 나는 무엇이 될까요 / 내 사랑하는 친구여 / 나는 알아요 모든 사람들이 / 종말을 향해 가고 있음을 / 당신은 내 먼지의 제국을 전부 소유할 수 있어요 / 나는 당신을 무너뜨릴 거예요 / 나는 당신을 아프게 할 거예요9)

—Nine Inch Nails, 「Hurt」 부분

최승자의 두 번째 시집을 펼친다. 『즐거운 日記』 속에서 폭발하는 언어들.

---

9) 트렌트 레즈너의 목소리도 좋다. 자니 캐쉬의 사위어 들어가는, 늙어 그로울링으로 진동하는 목소리로 들어보는 것도 좋을 것이다.

타들어가는 내 운명의 도화선이 / 당신의 썩은 口腔 안에서 폭발하리라.
　　　　　　　　　　　　　　　　　　　　　－「끊임없이 나를 찾는 전화벨이 울리고」 부분

내 머리통은 온 아랫목을 헤매며 / 으으…… 즈즈…… 으깨진 무선기처럼 신음하고
　　　　　　　　　　　　　　　　　　　　　　　　－「지금 내가 없는 어디에서」 부분

애인은 비명횡사한다. 개새끼 잘 죽었다, 너 죽을 줄 내 알았다.
　　　　　　　　　　　　　　　　　　　　　　　　　－「고요한 사막의 나라」 부분

때로 골목마다에서 진짜 개들이 기총소사하듯 짖어대곤 했다. 그러나, 197×년, 우리들 꿈의 오합지졸들이 제아무리 집중 사격을 해도 현실은 요지부동이었다. 우리의 총알은 언제나 절망만으로 만들어진 것이었으므로……

어느덧 방학이 오고 잠이 오고 깊은 눈이 왔을 때 제기동 거리는 "미안해, 사랑해"라는 말로 진흙탕을 이루었고 우리는 잠 속에서도 "사랑해, 죽여 줘"라고 잠꼬대를 했고
　　　　　　　　　　　　　　　　　　　　　　　　－「197×년의 우리들의 사랑」 부분

그 순간 큰골이 팽팽한 풍선처럼 / 내 머리 밖으로 부풀어오르고
　　　　　　　　　　　　　　　　　　　　　　　　　　　－「여의도 광시곡」 부분

내 몸에서 육즙이 뚝뚝 떨어지고 / 그들은 멀리에서 입술을 쓱 닦고 / 남은 내 뼈다귀들을 창밖 쓰레기통에 내던진다.
　　　　　　　　　　　　　　　　　　　　　　　　　　　－「S를 위하여」 부분

그리하여 어느 날 사랑이여, / 내 몸을 분질러다오. / 내 팔과 다리를 꺾
어 // 네 // 꽃 / 병 / 에 // 꽂 / 아 / 다 / 오

—「그리하여 어느 날, 사랑이여」 부분

어느 한 순간 세계의 모든 음모가 / 한꺼번에 불타오르고 / 우연히 발을
잘못 디딜 때 / 터지는 지뢰처럼 / 꿈도 도처에서 폭발한다. // (……) // 어
두운 밝음 속에서 / 우리가 서로를 껴안은 것은 / 어젯밤의 꿈,

—「내가 너를 너라고 부를 수 없는 곳에서」 부분

즐겁지 않다. 무섭다. 육체가 절단되고, 육즙이 떨어지고, 지뢰가 곳
곳에서 터지고, 우리는 꺾이고 분질러지고, 마침내 폭파된다. 왜 최승자
는 폭력적인가. 폭력을 통해 세계의 폭력에 맞대응하려는 최승자의 상
처투성이 몸. 폭력의 언어를 통해 세계의 폭력과 대결한 최승자. 대결의
한 세월이 끝났을 때, 무릎이 '절단' 되었음을 발견하는 우리들. 불구가
될 운명이라는 것을, 싸움에서 패배할 것이라는 것을 알면서도 최승자
는 전장에 나갔고, 나가서 패배했다. 나는 '즐거운 일기' 를 다시 쓴다.

오늘 나—개는 반성한다. 이 반성이 씁쓸하다. 듣고 있던 당신이 말한
다. 돼먹지 않은 무슨 반성이냐. 잊고 살자, 작정하고 술 마시다가 쓰러
져 버리자. 1주일 급여를 고스란히 팁으로 쥐어주고는, 께 쎄라 쎄라를
중얼거리며, 없는 담배에 입맛 다신다. 고작 팁으로 주고, 한번 만지지도
못했다니. 자책은 의심으로 돌변한다. 어쩌면 여주인은 물고기일지도
모른다. 갈치 비늘 같은 빤짝이 새도우. 그 여자를 꼬셨다, 계속적으로,
더 먹으라고 더 시키라고. 어머 오빠 무척 남자답다. 남자다움의 기준이
모호했다. 맥없는 남자에게, 흐물거리는 남자에게, 부글거리는 칭찬을
발라대는 여자. 휘젓고 싶었다, 미꾸라지 우글거리는 빨간 다라이. 승리
란 언제나 목전에서 놓친다. 그렇지만 쟁취하자, 반드시 이루자,는 결의

에 찬 구호 때문에 객관적으로 나와 그 여자는, 착취관계에 놓이고 만다. 나와 그 여자의 싸움은 노동쟁의가 아니다. 우리는 사랑하는 싸움꾼. 사랑의 감옥은 도처에 있다. 꼴릴수록 분개하지만 결국 굴욕으로 수그러들더라도, 젊은 오빠 한 잔 더하자 한 번 놀자, 이 소리를 듣고만 싶다. 그 여자 헤프게 웃고 있다. 내가 가여워서 울고 싶었다. 나는 불룩해진다. 그리하여,

　내 혀 위에서, 당신이 울고 있을 때, 사랑이 죽네. 그대 가슴속 파문 없이 흐르는 강물, 날 울리네 파랗게 울리네 파랗게 소스라치네.

　　　내 텃밭에 심을 푸른 씨앗이 되어 주시겠어요?
　　　그러면 난 당신 창가로 기어올라 빨간 깨꽃으로
　　　까꿍! 피어날께요.

　　　엄하지만 다정한 내 아빠가 되어 주시겠어요?
　　　그러면 난 너그럽고 순한 당신의 엄마가 돼드릴께요.

　　　오늘밤 내게 단 한 번의 깊은 입맞춤을 주시겠어요?
　　　그러면 내일 아침에 예쁜 아이를 낳아드릴께요.
　　　　　　　　　　　　　—「내게 새를 가르쳐 주시겠어요?」 부분

　엄하지만 다정한 아빠? 너그럽고 순한 엄마? 당신이 아빠가 되어 준다면, 나는 당신의 엄마가 되어, 당신에게 젖 물려 먹이고, 기저귀 갈고 씻기고, 예쁘게 단정시키고, 엉덩이를 펑펑 두들겨 패서 바른 사람으로 만들어드릴 거예요. Kiss me, please. Kiss me, daddy. 난 당신의 입맞춤만으로도 잉태할 수 있어요. 당신이 응대만 해준다면, 나는 창가의 빨간 깨꽃이 되어 "까꿍! 피어날" 수도 있고, 당신은 나를 보고 "까꿍!" 아가야

하며 환하에 웃을 수도 있어요. 아빠, 나랑 키스해요. 당신의 날숨을 들이마셔 당신의 아이를 만들어드릴게요.

최승자의 즐거운 시, 아름다워 슬프고, 슬퍼서 몸이 뒤틀리는 순간.

나는 당신의 타입을 알아요 / 당신은 나와 즐기고 있어요 / 당신이 방을 가로질러 오는 것이 보여요 / 반짝이는 당신의 눈부터 / 거짓말하고 있는 당신의 입술에 하는 키스까지 // 어둠 속의 키스, 어둠 속의 도망 키스 / 어둠 속의 키스, 어둠 속의 도망 키스

—Pink Lady, 「Kiss In The Dark」 부분

네가 꼭 아름다울 필요는 없어 / 날 흥분시키는군 / 네 몸이 필요해 / 황혼에서 새벽까지 / 경험은 필요 없어 / 날 즐겁게 하는군 / 넌 모든 것을 내게 맡기기만 해 / 그것이 무엇인지 내가 보여줄게 // (……) // 색스런 말은 하지마 / 네가 나에게 인상적인 느낌을 주려면 말야 / 너무 뽐내지만 않으면 돼 / 난 네 옷을 벗기는 방법을 알지 / 너의 환상이 되고 싶어 / 아마, 넌 내 것이 될거야 / 그냥 모든 걸 내게 맡겨 / 넌 정말 좋은 시간 보낼거야 // (……) // 시간 좀 내줘 그리고 난 키스를 원해

—The Art Of Noise & Tom Jones, 「Kiss」 부분

우리들의 입맞춤은 이렇다. 입맞추고 나서도 우리는 기쁘지 않다. 우리는 입을 맞췄을 뿐이다. 사랑? 사랑 따위 지겹다. 간단히 즐기고, 책임은 질 수 없고, 키스의 깊이에 속지 않고, 다음 키스 다음 키스를 향해, 더 좋은 키스를 향해, 더 멋있는 입술을 찾아 헤맬 뿐이다. 까꿍! 웃어주면 끝이다. 당신이 나를 선택하고, 당신의 기호에 적절하게 몸을 대주면 될 뿐이다. 이것이 우리의 'Love diary'이다.

오늘도 여의도 강변에선 날개들이 풍선 돋친 듯 팔렸고 도곡동 개나리 아파트의 밤하늘에선 달님이 별님들을 둘러앉히고 맥주 한 잔씩 돌리며 봉봉 크랙카를 깨물고 잠든 기린의 망막에선 노란 튤립 꽃들이 까르르거리고 기린이 엄마의 꿈 속에선 포니 자가용이 휘발유도 없이 잘 나가고 피곤한 기린이 아빠의 겨드랑이에선 지금 남몰래 일 센티 미터의 날개가 돋고……

수영이 삼촌 별아저씨 오늘도 캄사캄사합니다. 아저씨들이 우리 조카들을 많이많이 사랑해 주신 덕분에 오늘도 우리는 코리아의 유구한 푸른 하늘 아래 꿈 잘 꾸고 한판 잘 놀아났습니다.

아싸라비아
도로아미타불

―「즐거운 일기」 부분

우리의 사랑, 우리의 세계, 우리의 일기, 이렇게 종칩니다. 막 내립니다. 서서히 페이드 아웃됩니다.

어떻게 이럴 수 있는가. 어떻게 이 세계가 이 모양이 되었나. 시인이여, 당신이 먼저 절망에 가 닿아, 푸시식 꺼져버렸구나. 이 세계를 온몸으로 짊어지고, 혼자 아파했구나. 당신, 너무나 외로웠을 당신……

당신이 살고 있는 세상을 당신이 좋아하지 않는다면 / 주위를 둘러봐요 / 적어도 당신은 친구가 있잖아 // 내가 나이 먹은 여자를 부르는 걸 봐요 / 친절한 말로 / 그녀는 전화를 들었어요 / 그걸 바닥에 떨어뜨리는군요 / 내게 들리는 건 전부가 섹스, 섹스 // 우리 엘리베이터로 갈까요 / 우리를 내려줘요 / 오, 제발 갑시다 // 미쳐버리자구요 / 알을 따자구요 / 자줏빛

바나나를 찾아냅시다 / 사람들이 우리를 트럭에 몰아넣을 때까지 / 해보
자구요

세상이 미쳤습니다. 이 나라, 돌았습니다.

최승자의 시가 그리워지는 밤. 우리는 '이 시대의 사랑'을 어떻게 지
켜나갈 것인가. '이 시대의 사랑'은 과연 무엇인가. 묻고 물어도 대답이
시원찮다. 우리는, 시인과 함께, 고통의 춤을 추고 있는지도 모른다. 시
가 무력해지는 시대가 종종 있었다. 다시 저 80년대로 돌아갈 수는 없다.
어떤 시? 최승자의 시를 읽으면서 이 시대의 시가 어떤 육체를 지녀야
하는가를 따져본다.

그리하여 이제 휘황한

고통의 춤은 시작되고,

슬픔이여 보라,

네 리듬에 맞추어

내가 춤을 추느니

이 유연한 팔과 다리,

평생토록 내 몸이

얼마나 잘

네 리듬에 길들여졌느냐.

—「고통의 춤」 부분(『기억의 집』)

슬픔 그리고 고통. 결코 자유로워질 수 없는 현실이 우리를 고누어 본
다. 음악은 죽었다. 시는 아직 태어나지 않았다. 오래 전에 우리는 시를
잃었다. 최승자를 잃었다. 시가 현실과 정치와 어떻게 대결할 수 있겠는

가. 춤을 추어야 하지 않는가. 고통의 춤.

〈눈물〉

눈물은 어디에」 / 당신이 지금 흘려야 하는 눈물은 어디에」 / 황량한 이 세계를 봅니다 / 당신의 눈에 비친 그 세계 / 부드럽고 서글픈 / 당신의 목소리를 들어요 / 당신의 웃음소리가 들려요 / 편종소리 같은 / 내 귓속의 울음소리 / 나는 야생 거위의 날갯짓처럼 박동하는 당신의 심장을 느껴요 / 나는 나를 향한 당신의 사랑을 냄새 맡아요 / 당신이 지금 울면서 흘려야 하는 눈물을 / 나는 맛볼 수 있어요

〈파반〉

(……) // 사랑하는 그대여 / 이른 밤이지만 자러 가요 / 불러야 할 노래가 많아요 / 밤이 가기 전에 / 당신에게 그 모든 노래를 불러드릴게요

—Strawbs, 「Tears & Pavan」 부분

몽혼朦昏 주사라도 맞고 싶은 밤이다. 최승자의 근황이 알고 싶다. 그리고 우리의 근황을 묻고 싶다.

우리, 잘 살고 있는가. 이 세계는 정녕 온전한 것인가. 우리, 죽어가고 있다. "박씨보다 무섭고 / 전씨보다 지긋지긋"(「귀여운 아버지」, 『내 무덤, 푸르고』)한 좀비가 배회한다. 우리,

못 살겠습니다.

(실은 이만하면 잘 살고 있습니다.)

미안합니다.

사랑합니다.

어쩔 수가 없습니다.

원한다면, 죽여주십시오.

생각해보면, 살고 싶다고 생각한 적이 한번도 없는 것 같습니다.

그게 내 죄이며 내 업입니다.

그 죄와 그 업 때문에 지금 살아 있습니다.

미안합니다.

사랑합니다.

잘 살아 있습니다.

―「근황」(『내 무덤, 푸르고』) 전문

시와 대중음악의 만남 (2)

우리가 읽는 시 속에 얼마나 많은 음악이 들어 있을까? 음악은 시에 어떻게 잠입할까? 아니 시와 음악의 만남은 어떤 양상을 펼쳐 보이는가? 애초에 우리의 관심은 시와 음악의 만남, 그 중에서 대중음악과 시의 뒤섞임이었다. 시이기도 하고 대중음악이기도 한 많은 텍스트들, 시 속의 대중음악과 대중음악 속의 시. 이제 우리의 여행은 종착지를 눈앞에 두고 있다.

> 누이가 듣는 音樂 속으로 늦게 들어오는
> 男子가 보였다 나는 그게 싫었다 내 音樂은
> 죽음 이상으로 침침해서 발이 빠져 나가지
> 못하도록 雜草 돋아나는데, 그 男子는
> 누구일까 누이의 戀愛는 아름다워도 될까
> — 이성복, 「정든 유곽에서」(『뒹구는 돌은 언제 잠깨는가』) 부분

이성복의 '정든 유곽'에서 흘러나오는 음악은 무엇일까. 어떤 노래가 들려올까. 우리 누이가 듣는 음악은 또 어떤 사연을 간직한 채 창문 너머로 퍼져갈까. 유곽의 누이를 둔 '나'의 음악은 "죽음 이상으로 침침"하다. 왜 우리의 음악은 어둠과 빛을 아우르며 저곳에서 이곳으로 흘러드는 것일까. 우리는 음악 속에서, 음악의 몸을 껴안고, 음악의 귓불을 어루만진다. 음악이, 노래가, 시가 하나가 되는 순간을 꿈꾼다. 가수의 시와 시인의 노래가 행복하게 만나는 순간을 기다린다. 나는 아직 음악이 무엇인지, 시가 무엇인지 알지 못한다. 그대가 안다면, 그대만이 안다면, 나는 그대를 만나 음악을 들으리라. 그대와 함께 음악을 나누리라. 음악이 공기를 진동시키는 그 순간, 그대와 나는 한 공간 안에서 같은 시간을 누리며 서로를 탐닉하겠지. 음악에 용해되어 미끌거리겠지.

나는 전생에 사람이 아니라 음악이었다 그리고 지금 내가 가장 사랑하는 음악은 그때 그를 작곡한 남자다 그는 현세에 음악으로 환생한 것이다 까닭에 나는 그 음악을 들을 때마다 전생을 거듭 살고 있는 것이며 나의 현생은 전생과 같다 나는 다시 서서히 음악이 되어가는 것이다 나는 이 이야기를 간직한다
— 김경주, 「비정성시」(『나는 이 세상에 없는 계절이다』) 부분

내 꿈을 시인 김경주가 훔쳐갔다. 나는 그래서 김경주가 부럽다. 그는 "전생에 사람이 아니라 음악이었다." 그리고 "현세에 음악으로 환생"한 시인이, 음악처럼 아름다운 시인이 음악이 되기 위해 시를 쓴다. 시를 노래한다. 나는 행복하다. 왜냐하면 음악이 있기 때문이다. 그리고 나는 음악이 될 시를 읽고, 시가 될 노래를 듣는다. 그들 때문에 행복하다. 나도 "서서히 음악이 되어가는 것"이다.

아침 식당의 구석에 앉아 나는 그가 커피 따르기만을 기다려요 내가 어서 따라달라고 말하기 전에 그는 커피잔을 채우다가, 들어서는 어떤 사람에게 반갑습니다,라고 말하네요. 카운터 뒤로 우산을 털며 들어오는 여자가 보여요. 나는 시선을 돌려 다른 곳을 보지요. 연인들이 만남의 인사로 키스를 하고, 나는 그들을 못 본 체 하고, 나는 밀크를 커피에 넣고 신문을 펼쳐요. 술을 마시다가 죽었다는 한 배우의 이야기. 나는 들어본 적 없는 사람이네요. 오늘의 운세를 보고, 더 재미있는 것을 찾아봐요. 그때 누군가 날 쳐다보고 있는 듯한 느낌 때문에 고개를 들었더니, 바깥의 한 여자가 보이네요. 안쪽의 나를 쳐다보는 것일까」 그녀는 날 쳐다보고 있는 게 아니군요. 유리를 거울 삼아 자신의 모습을 쳐다보고 있네요. 나를 알아채지 못해요. 그녀는 치마를 살짝 올리고 접힌 스타킹을 펴요. 비에 머리는 젖어드는데…… 이 비는 계속될 거예요. 아침을 통과하여 들려오는 성당의 종소리. 당신의 목소리를 생각해요. 그리고 옛날, 한밤의 피크닉도 떠올라요. 이 비가 내리기 전부터 생각했어요. 커피를 다 마셨어요. 기차에 오를 시간이네요.

— Suzanne Vega, 「Tom's Diner」 전문

아침의 식당에서, 출근하기 전에, 신문을 보면서, 바깥 풍경을 보면서 요기를 한다. 일상이 '나'를 부드럽게 감싼다. '나'는 내리는 빗줄기 속에 어른거리는 '당신'을 바라본다. 옛날의 사랑, 사랑했던 우리들, 우리가 나누었던 행복이 비에 부옇게 번진다. 이 시의 화자는 비가 그치고 나서도 사랑했던 사람을 지우지 못할 것이다. 비가 내리기 전부터, 아주 오래 전부터, 한 번도 그 사람을 잊지 않았기 때문이다. 군더더기 없는 일상 풍경 소묘에 사랑과 상실과 추억이 깃들어 있는 가사이다. 이 노래에는 반주가 없다. 수잔 베가의 맑고 건조한 목소리가 높고 가늘게 흘러나

온다. 풀 냄새가 난다. 포근해진다. 우리가 아는 사랑은 과연 무엇일까. 우리는 사랑을 안다고 자신하지만, 그 사랑 때문에 아파질 때 우리는 사랑의 무게와 시련을 쉽게 잊는다. 나는 잊지 못하겠어요, 당신을 잊지 않겠어요, 제발 돌아와줘요, 이제부터는 더 좋은 사랑을 드릴테니 어서 나를 용서해줘요. 나는 이런 애원이 싫다. 떠난 당신, 헤어진 우리를 담담하게 인정하면서 커피를 마시고 신문을 보고 창밖의 여자를 무심하게 바라보는 이 시의 화자가 은연중에 내보이는 절절한 그리움이 좋다. 감추고 삼키고 아낀다. 말을 죽인다.

그이는 잔에 / 커피를 담았지 / 그이는 커피 잔에 / 우유를 넣었지 / 그이는 우유 탄 커피에 / 설탕을 탔지 / 그이는 작은 숟가락으로 / 커피를 저었지 / 그이는 커피를 마셨지 / 그리고 그이는 잔을 내려놓았지 / 내겐 아무 말 없이. / 그이는 담배에 / 불을 붙였지 / 그이는 연기로 / 동그라미를 만들었지 / 그이는 재떨이에 / 재를 털었지 / 내겐 아무 말 없이 / 나는 보지도 않고 / 그이는 일어났지 / 그이는 머리에 / 모자를 썼지 / 그이는 비옷을 입었지 / 비가 오고 있었기에 / 그리고 그이는 빗속으로 가버렸지 / 말 한 마디 없이. / 나는 보지도 않고 / 그래 나는 두 손에 / 얼굴을 묻고 / 울어버렸지.

—Jacques Prévert, 「아침식사」 전문

나는 수잔 베가의 노래 옆에 이 시를 놓는다. 프레베르의 포크 송. 간명하다. 아무런 장식이 없는 이 작품이 시가 되는 이유. 절제가 시를 만든다. 뼈로 건축한 앙상한 시. 뜻밖에도 말의 생략이 목소리에 촉기를 부여한다. "말 한 마디 없이" 떠나간 '당신'을 떠올리며 나는 다시 운다. 시와 노래가 하나가 된다. 시와 노래는 둘이 아니다. 가수의 시와 시인의 노래가 교융하는 장면은 늘 행복을 준다. 당신이 행복하기에 나도 행복

하다. 지금 우리는 동시에 행복에 젖어든다. 노래와 시처럼 우리는 하나
가 된다.

> 시장 바구니에 커피 봉다리를 집어넣은 여자
>
> 빈 병에 커피를 채우고 커피물을 끓이는 여자
>
> 커피물이 끓을 동안 손톱을 깎는 여자
>
> 쇼팽을 들으면서 발톱마저 깎는 여자
>
> (……)
>
> 횡단보도 앞에 서 있었던 여자
>
> 횡단보도 앞에 서서 오래 울었던 그 여자
>
> 빨리 건너지 않으면 더 오래 울게 될 거야
>
> 아직 건너지는 마 좀 더 울어야 되지 않겠어
>
> 커피 봉다리를 들고 오래 울고 있었던 여자
>
> 이제 커피는 그만 마셔야겠다고 생각하는 여자
>
> 횡단보도 앞에 서 있는 여자
>
> 오래 서서 울게 될 여자 신호등이 될 저 여자
>
> 손톱 발톱이 마구 자랄 여자
>
> — 이근화, 「아이 라이크 쇼팽」(『칸트의 동물원』) 부분

이 시와 Gazebo의 노래 「I Like Chopin」의 관계를 나는 알지 못한다.
'나는 쇼팽을 좋아해'로 제목을 짓지 않은 이유는 무엇일까. 왜 굳이
'아이 라이크 쇼팽'이라고 제목을 붙였을까. "쇼팽을 들으면서 발톱마
저 깎는 여자"가 나오므로, 그 여자를 화자가 잘 알고 있으므로, 또는 그
여자가 좋아하는 노래를 '나' 역시 들어본 적이 있으므로?

한 여자의 일상을 건조하게 묘사하는 이근화의 발화 뒤로 가제보의
노래가 흐른다. 쇼팽의 피아노 선율이 범람한다. '나'는 그녀의 일상을

지켜보며 눈물을 쏟을 것 같다. 나날의 일상에 젖어 천천히 둥글어지는 여자를 본다. "횡단보도 앞에서 서서 오래 울었던 그 여자"의 사연을 우리는 알지 못한다. 시인은 그녀에게 "좀 더 울어야 되지 않겠"느냐고 말한다. 그녀는 더 울어야 한다. 더 울어야 할 사연이 있다. "시장 바구니에 커피 봉다리를 집어넣"고서 그녀는 왜 오래 오래 울고 있었을까. 왜 갑자기 커피를 끊어야 한다고 생각하게 되었을까. 그녀는 왜 그런 결심을 했을까. 시인은 아무런 해답을 주지 않는다. "횡단보도 앞에 서 있는 여자"는 결코 이 거리를, 이 거리에서 펼쳐지는 무한한 생의 반복을 벗어나지 못할 것이다. 시인은 단언한다. "오래 서서 울게 될 여자 신호등이 될 저 여자"는 끝없는 기다림과 슬픔 속에서 천천히 눈물처럼 둥글어지다 주르르 흘러내릴 것이다.

나는 "쇼팽을 좋아한다고 말하곤 했던" 그녀를 떠올린다. 그리고 "나를 지금 다시 사랑해줘요"라고 말하는 가제보의 목소리를 듣는다. 이근화의 시에서 울며 신호등처럼 서 있는 그녀를 나는 잊지 못한다. 왜 그녀는 떠나지 못하고, 새 사랑을 시작하지 못하고, 한 사람을 잊지 못하고 울고만 있을까.

시인이 노래를 듣는다. 노래가 시인의 마음과 몸을 물들인다. 나는 오염되고 싶다. 나는 노래에 점령되고 싶다. 다시 태어나면 음악 같은 절망은 경험하지 않으리라. 내 언어의 음악을 해체하리라. 다시 만드리라. 노래가 흘러든다. 노래가 나를 강탈한다. 노래는 어디에서 시작되어 어느 곳으로 가는가. 노래는 왜 날개 위에 나를 얹고 창공으로 나아가는가. 노래의 끝에 불꽃이 피어날 것이다. 우리는 사랑을 모른다. 음악처럼 완벽한 사랑을 경험하지 못했다. 나는 그대와 하나가 되고 싶어 한다. 시는 노래를 그리워한다. 시와 노래가 일체되는 순간을 기다린다. 따스한 황홀 속으로 나는 들어간다. 듣는 나를 아름답게 하는 파동 앞에서 시는 더욱 빛날 것이다. 오래도록 어둠 속에서 타오를 것이다.

우리는 이제 노래가 들려오는 이 방에서 저 방으로 움직인다. 새로운 세계로 이동할 것이다.

적막한 오후 유리창을 통해 들어오는 환한 햇살 속에서 레너드 코헨을 듣고 있어, 페이머스 블루 레인코트야, 바라보는 세상은 이렇게 환한데 지금 내 마음엔 자욱하게 비가 와, 지금 거기는 어때? 유리창 밖 허공에 대고 물어보는 그대 안부는 푸른 공기의 사막 속으로 아득히 흘러가는데 겨울바람이 퉁기고 가는 담쟁이넝쿨의 5번 줄, 낮과 밤의 혼돈, 시차 적응이 안 되는 나날의 삶이야, 나는 낮에도 밤이야, 밤에는 더 깊은 밤이야, 거기는 어때? Sincerely, L. Cohen.

— 박정대, 「여섯 개의 백지위임장으로 만든 기타」
(『사랑과 열병의 화학적 근원』) 부분

박정대의 시에 녹아 있는 레너드 코헨. 그리고 그의 노래 「Famous Blue Raincoat」. 편지를 쓰면서 노래를 부르는 시인.

12월의 끝, 새벽 4시 / 당신이 나아졌는지 알기 위해 지금 편지를 쓰지 / 뉴욕은 춥지만 나는 내가 사는 곳을 좋아하지 / 클린턴 거리에는 밤새도록 음악이 흘러 // 사막 깊숙한 곳에 작은 집을 짓고 산다고 들었지 / 당신은 아무 의미 없이 살고 있어, 나는 당신이 무엇인가 남길 수 있는 삶을 살기 바래 // (……) // 우리가 마지막으로 보았을 때 당신은 무척 늙어보였고 / 당신의 잘 알려진 푸른 비웃은 어깨가 낡아 보이더군 // (……) // Sincerely, L. Cohen.

— Leonerd Cohen, 「Famous Blue Raincoat」 부분

우리는 지금 시와 노래의 동시 발생을 목격하는 중이다. 지금 박정대

의 우수에 침윤된 시어를 읽으면서 레너드 코헨의 깊고 무거운 목소리를 듣고 있을 당신의 얼굴은?

3부 그날들, 노래들

두 얼굴의 노래들

　내가 잊지 못하는 얼굴. 아버지의 마지막 얼굴, 어머니의 웃는 얼굴, 양덕원에서 비에 녹아 내리던 나의 얼굴, 하나의 거대한 얼굴이 부서지던 6월 거리의, 내 얼굴.

　　누나의 얼굴은
　　해바라기 얼굴
　　해가 금방 뜨자
　　일터에 간다.

　　해바라기 얼굴은
　　누나의 얼굴
　　얼굴이 숙어들어
　　집으로 온다.

— 윤동주, 「해바라기 얼굴」 전문

국악 밴드 슬기둥의 노래를 듣는다. 윤동주가 누나를 부른다. 누나의 얼굴은 지워지는 얼굴, 해바라기 얼굴, 지금은 사라진 얼굴. 해는 졌는데 누나는 돌아오지 않는다. 일터로 간 누나의 얼굴, 내일도 해는 뜰 것이고, 해바라기는 해를 쳐다보겠지만, '나'는 누나를 기다리겠지만, 누나는 돌아올 수 있을까. 내가 떠나보낸 얼굴, 내가 기억하는 얼굴은 지금 어디에 있을까. 노래는 흘러가서 그들을 데려올 것이다. 분명히 다른 얼굴이지만 대립되지 않는 얼굴, 나의 얼굴 속에 숨어 있는 옛날의 얼굴, 오늘의 얼굴 또는 내일 내가 지울 얼굴, 서로가 서로를 당겨서 마주볼 때 서로의 얼굴이 되는 사랑의 얼굴. 나의 얼굴은 아니지만 이 얼굴들 속에서 나는 어제를 발견하고, 영속하는 오늘을 되새긴다.

Abba와 Beatles

첫 경험이라고 부를 수 있을 것이다. 변성기가 시작된 소년은 사촌 형의 방문을 즐거워한다. 세 살 위의 사촌 형은 여드름이 만개한 중3의 서울 토박이. 소년은 형의 가방에 들어 있던 카세트테이프를 쳐다본다. 음악이 흘러나온다. 사촌 형은 흥얼흥얼. "무슨 노래야?" 아바의 「Dancing Queen」이 흘러나온다. 소년은 알아들을 수 없는 외국 노래를 귀에 담는다.

얼마 전에 아바를 DVD로 시청한 적이 있다. 4인조 혼성 그룹이 70년대를 열어놓았다. 그들의 노래를 따라부르며, 웃으며, 맥주를 마시며 행복에 젖었다. 아바는 스웨덴이 배출한 최고의 히트 상품이라고 말하기도 한다. 볼보 자동차에 견줄 때도 있다. 먼 북구의 나라에서 배출된 아바의 노래를 들으면서 과거로 진입한다.

그때, 소년의 형은 대학생이었다. 펜팔에 열중했는데, 스웨덴의 여고생과 편지를 주고받았다. 소년은 금발에 주근깨 가득한 스웨덴 여자의 사진을 보고는 황홀에 젖는다. 스웨덴이 지구의 어느 곳에 있는 나라인지 알기 위해 세계지도를 펼친다. 소년은 아바의 노래를 처음 들었다. 스웨덴 가수라고 사촌 형이 말한다. 소년은 흥분에 젖는다. 펜팔 여고생의 사진과 아바의 노래가 겹쳐진다. 소년은 카세트 테이프의 종이 케이스를 든다. "형, 이거 무슨 뜻이야?"

아바의 멤버들

'춤의 여왕' 이라…… 영어로 표기된 제목 밑에 한글로 '댄씽 퀸' 이라고 씌어 있던 것 같다. 소년은 춤을 상상한다. 드레스를 입은 소녀를 떠올린다. 노래가 춤으로 바뀐다. 소년은 즐거움이 어떤 것인지를 처음 깨달았다. 소년은 이후 아바의 노래가 담긴 테이프를 사촌 형에게 선물로 받는다. 노래를 전부 외운 소년은 사촌 형이 놓고 간 잡지 '월간 팝송' 을 탐독하기 시작한다.

나는 아바의 「댄싱 퀸」을 우아한 팝이라고 부른다. 대부분의 팝 세대는 아바를 출발지로 삼는다. 지금도 아바는 거부할 수 없는 매력으로 다가온다. 모든 사람이 흡수되는 아바의 즐거운 음악을 무엇이라고 부를 수 있을까. 아바의 건너편에 비틀즈를 놓게 되는 이유 역시 광범위한 대중성과 다채로운 음악성의 아름다운 조화 때문이다. 이 두 고유명사는 복잡다단한 대중음악의 원천이자 언제든지 돌아올 수 있는 넉넉한 고향 같은 이미지를 준다.

소년은 장교로 군 복무중인 형의 자취방을 찾아갔다. 그곳에서 소년은 어머니와 일주일을 보내는데, 형이 가지고 있던 『비틀즈 히트곡 20』이라는 카세트테이프를 꼬박 7일 동안 매일 5번 이상씩 듣게 된다. 막 영어를 배우기 시작한 소년은 비틀즈의 노래 제목의 철자 하나 하나를 베껴 적는다. 그리고 잘 모르는 뜻을 떠올려보려고 애쓴다. I Wanna Hold Your Hands. 나는 너의 손을   . 소년은 빈 칸을 메울 수 없었다. 여백을 '잡고 싶어' 로 채울 때까지 걸린 시간, 그 시간은 어디로 갔을까. 누가 빨아들였을까. 소년은 그 빈 공간을 다른 노래들로 채우기 시작했다.

Duran Duran과 Culture Club

80년대의 청소년 문화를 대표하는 아이콘들. 소피 마르소, 피비 케이츠, 브룩 쉴즈. 남학생들의 책받침이나 연습장에 세 아이돌 스타가 도배되어 있었다. 여학생들은 듀란 듀란의 멤버들에 환호성을 지를 때였다. 뉴웨이브 뮤직과 두 밴드는 밀접하다. 1집 『Duran Duran』의 「Girls On Film」을 부를 때만 해도 잘 생긴 영국 청년들의 음악은 조금 어설펐다. 이후 『Rio』, 『Seven And The Ragged Tiger』 등의 앨범으로 그들의 음악은 진보한다. 나는 듀란 듀란의 음악을 들으면서 뉴웨이브 이전 시대의 음악을 알게 되었고, 동시대에 태동하고 있었던 테크노를 곁눈질했다. 아바의 음악보다 비트가 더 강한 듀란 듀란은 나에게 락음악으로 가는 길을 보여줬다. 누나들의 연인이었던 듀란 듀란의 노래 「Hungry Like The Wolf」는 '늑대처럼 배고픈' 중학생 나에게 뜨거운 어떤 것이 몸 속에 들어 있음을 자인하게 만들었다. 나는 세 여배우 중에서 소피 마르소를 연인으로 선택했다.

보이 조지라는 여장 가수. 닐 조던의 영화 『The Crying

1981년의 듀란 듀란

Game』의 주제곡을 들으면서 깜짝 놀랐다. 컬쳐 클럽의 보이 조지가 애절하게 노래를 부른다. 그것은 노스탤지어였다. 여자보다 더 여자다운 용모와 목소리로 노래를 불렀던 보이 조지의 흐느낌이 날 붙들었다. 「Karma Chameleon」의 경쾌함을 떠올렸던 내게 보이 조지의 변신은 발

앨범 『Color By Number』 커버

전하는 아티스트의 맨 얼굴을 확인하는 순간으로 기억되었다. 「카마 카멜레온」이 실려 있는 앨범 『Color By Numbers』에 수록된 다른 노래 「It's a miracle」의 한 부분을 보는 듯했다. “ It's no surprise. There's something in my eyes.” 놀라움이 아니예요, 내 눈에는 무언가가 있어요. 당신이 나의 눈을 바라본다면 다른 나를 발견할 거예요. 컬쳐 클럽은 사실 보이 조지의 밴드였다. 다른 팀원은 보이 조지를 위해 연주해주는 보조원 같았다.

여자와 남자의 성을 의도적으로 혼란시켰던 보이 조지와 잘 다듬어진 미모를 갖고 있었던 듀란 듀란. 이 둘의 공통점은 남성과 여성이 뒤섞인 중성성이다. 전두환 군사 정권 밑에서 80년대의 중고등학생들은 대학생 형들과는 다르게 열렬한 피동성에 들끓었다. 찾아드는 노래란 존재하지 않았다. 라디오에는 듀란 듀란과 컬쳐 클럽이, 텔레비전에는 조용필과 이용이 언제나 대기하고 있었다. 어떤 것을 선택하든 우리는 그것에 모든 욕망을 투영시킬 수밖에 없었다. 나는 소피 마르소를 끼고 다녔고, 친구들은 보이 조지의 얼굴이 닳아 뚫어질 때까지 연습장 표지를 박박 문댔다. 남자도 아니고 여자도 아닌 보이 조지를 듣고 보면서 우리는 어쩌면 자유로운 전위를 꿈꾸었는지도 모른다. 남자이기도 하고 여자이기도 한, 남자였다가 여자였다가 필요할 때마다 성을 결정할 수 있는, 그래서

여탕에 맘놓고 들어갈 수 있는, 여자의 몸을 다 안다고 친구들을 가르칠 수 있는, 꿈틀거리던 사춘기의 성性을 떠올리게 만드는 두 밴드. 모두 남자들이었지만 '계집애' 같았던 그들을 보며, 중학생 시절 나를 발갛게 물들였던 것들을 떠올린다.

Moody Blues와 Barclay James Harvest

앨범 『Long Distance Voyager』의 앞 뒤 커버

무디 블루스의 1983년도 앨범 『The Present』의 발매 소식을 DJ 박원웅이 전하면서 첫 싱글곡 「Blue World」를 틀었을 때, 그는 중학교 3학년이었다. 시내의 레코드 가게에 갔지만 구할 수 없었다. 대신 81년도 앨범 『Long Distance Voyager』를 사들고 집으로 돌아온 그는 조심스럽게 비닐 커버를 열고 엘피판을 꺼낸다. 간략한 소개글과 가사가 담긴 해설지를 그는 꼼꼼하게 읽고 외운다. 이후 무디 블루스의 모든 앨범을 구한다. 무디 블루스의 노래를 하나씩 암기한다. 그들이 만든 소리의 방에서 그는 경직되어 가는 자신을 바라보았다.

그리고 그는 고등학교에 들어가서 버클리 제임스 하비스트(BJH)를 만난다. BJH의 노래 「Poor Man' s Moody Blues」 때문이었다. 존 리스의 목소리와 유려한 키보드에 실려오는 별빛. 그 밤에 그가 여행했던 곳은 어디였을까.

아트락의 아버지 무디 블루스의 멜로트론을 듣는다. Mike Pinder의 비음이 우울한 블루스처럼 들린다. 다섯 명의 멤버가 작곡을 한다. 저마다 자신이 작곡한 노래를 부른다. 드러머 Graeme Edge는 시를 쓰고 낭송한다. 락과 클래식을 접속한 그들의 음악을 들으면서 그는 질적인 비약을 생각했다. 무디 블루스가 마이크 핀더의 키보드를 기반으로 한 컨셉 앨범으로 아트락을 실험하고 있을 때, BJH 역시 멜로트론을 사용하면서 무디 블루스와 비슷한 분위기를 유지한다. 무디 블루스는 다양함을 지향하고, BJH는 단순하지만 곡 한곡 한곡에 파워를 집중시킨다. 무디 블루스는 목가적이다. BJH는 바람과 모래와 파도가 몰아치는 대서양의 해안을 연상시킨다. 무디 블루스가 80년대에 뉴 뮤직을 흡수해서 「Gemini Dream」 같은 노래를 들려줄 때, BJH는 「Love On The Line」에서 베이스를 이용해서 테크노의 비트를 선보인다. 무디 블루스는 현란하다. BJH는 간명하다. BJH는 더 맑고, 더 고요하고, 더 투명하다. 다분히 기타리스트 John Lees와 베이시스트 Les Holroyd의 높고 가녀린 목소리 덕분이다. 무디 블루스의 싱어 마이크 핀더와 Ray Thomas는 저음에 비음이다. BJH는 기타 사운드가 강하다. 무디 블루스는 베이스가 강하다. BJH의 Mel Prichard의 드럼은 악센트가 강하고, 무디 블루스의 그레이엄 엣지의 드럼은 그저 박자 맞추는 정도로 들릴 때가 있다.

영국 출신의 걸출한 두 밴드는 쉼없이 음악을 만들었다. 조금씩 변모하며, 발전하며, 움직이면서 수많은 걸작을 남겼다. 한국의 대중들은 무디 블루스의 「Nights In White Satin」, 「For My Lady」, 「Candle Of Life」를 기억한다. BJH의 「Poor Man's Moody Blues」를 사랑한다. 본질은 비슷하지만 양상이 다른 두 밴드를 나는 지금도 즐긴다.

BJH의 나비

BJH의 상징인 나비가 앨범에서 날아오른다. 내 방을 가득 채운 'BJH-나비' 의 날갯짓. 눈꺼풀이 파르르 떨린다.

『첫사랑』과 『사랑과 야망』

스트라토바리우스의 라이브

김수현이 쓴 드라마 『사랑과 야망』이 리메이크 되어 방송되었다. 최수종과 배용준이 주연을 맡아 연기한 드라마 『첫사랑』이 떠오른다. 나는 이 두 드라마에 사용된 주제곡을 듣는다. 『사랑과 야망』 마지막 회 였다. Emerson, Lake & Palmer(ELP)의 「C'est La Vie」가 흘러나왔다. 『첫사랑』은 Stratovarius의 「Forever」를 사용했다. 두 노래 모두 듣기 좋은 발라드이다.

스트라토바리우스는 '멜로딕 스피드 메탈' 밴드이다. 「포에버」가 실려 있는 앨범 『Episode』를 플레이시키면 총알 같은 스피드의 연주를 들을 수 있다. 유일한 발라드 곡, 그러니까 느린 노래가 「포에버」이다. 애절한 이 노래가 드라마의 주제곡으로 사용되자 자연스럽게 가수에 대한 관심이 고조되었다. 스트라토바리우스의 앨범이 날개 돋힌 듯 팔려나갔다. 구매자들이 앨범을 개봉하자 아연실색할 만한 일이 벌어졌다. 「포에버」와 비슷한 발라드를 기대한 사람들에게 스피드메탈의 천둥이 내리쳤기 때문이다. 사람들은 제작이 잘못된 것이 아니냐며, 이런 음악은 들을 수 없다며 반품을 요구했다.

장중한 ELP의 노래는 드라마에도 어울렸고, 우리에게도 익숙한 노래였다. 몬트리올 올림픽 스타디움에서 오케스트라와 협연한 라이브 앨범

『In Concert』에 실려서 사랑받은 노래 「셀 라 비」. 그렉 레이크의 중후한 목소리 뒤에 풍부하고 두꺼운 클래식 사운드가 자리잡는다. 부드러운 기타에 나는 휘감긴다. 유현한 현악이 들려온다. 저것은 분명 푸른 물결이다. 나를 포박하는 소리의 그물 앞에서 나는 안개에 쌓인 무진을 떠올린다. 돌아서는 사람

『In Concert』 앨범 커버

들이 보인다. 이별하여 울고 상처 입어 돌아서는 사람들에게 '그것이 인생' 이라고 밴드가 노래한다.

키스 에머슨의 오르간이 둥둥 떠오른다. 오르간 독주가 끝나면서 시작되는 현악, 그 정점에서 나는 눈물을 흘린다. 사라진 것들이 흘러, 갔다. 다시는 돌아오지 않을 것이다. 그때 나는 어디에 있었을까, 누가 나를 보살폈는가, 누가 나를 사랑했는가. 노래가 끝나고 칼 팔머의 드럼이 포문을 연다. 조종을 울린다. 끝난 것이다. 모두가 떠난 것이다. 다시는 돌아오지 않을 것들. 사랑이 다시 시작되면, 그때가 오면, 나에게는 어떤 음악이 생겨날까.

나의 가벼움과 가여움. 음악은 죽었고, 시는 멈췄다. 다시 시작한다는 것은 무모하다. 나는 나를 지웠고, 그는 나를 역겹게 했고, 세월은 흔들렸다. 나는 지쳐간다. 내가 잃은 것은 바로 나였다. 과거의 멸실. 모든 것을 폭파시키고 싶다. 이건 내가 아니다. 증오만큼의 사랑이 있었다. 거기, 그것에 묶여 있던 내가 있었는데, 오늘의 나는 내가 아닌 것이다. 오지 않는 것들을 서러워하고, 사라지지 않는 것들을 노래한다. 이건 분명 감상이다. 두 노래는 모두 감상적이다. 노래가 감상적인 것이 아니라 내가 감상적이다. 때로 과거를 호출하는, 감상적이지만 거부할 수 없는 그런 노래가 있다.

Judas Priest와 Tangerine Dream

2005년 재결성 당시의 주다스 프리스트

주다스 프리스트의 「Screaming For Vengeance」를 들으며 나는 흥얼거린다.

즐기고 즐기고 즐기세요, 당하고 당하고 파괴당하세요. 무장해제당하세요. 딩아 돌하, 딩아 돌하, 난 돌아버리는 중이지요. 그들에게 칼 쓰는 법을 배우세요. 대가는 비싸요. 배운 만큼 써 먹을 수 있답니다. 가끔 희생양이 되는 것이 얼마나 황홀한지를 아시나요. 악마의 노래라구요? 악마의 노래면 어때요, 내가 악마인데…… 신은 없어요. 내가 죽였어요. 타락이란 무엇인가요, 폭력이란 무엇인가요. 모든 가치를, 결정된 모든 것을 회의하세요. 그것은 전부 거짓이에요. 그 무엇도 날 아름답게 할 수 없어요. 눈을 감고 해체될 때까지 견디세요. 견디면 됩니다. 봄이 왔잖아요.

'Metal God' 으로 불리는 랍 핼포드

너무 멀리 도망가지 마세요. 세상이 당신을 노리고 있어요. 금속 덫에 걸려들어요. 준비는 끝났나요? 눈을 감고 소리를 흡수하세요. 내가 해체되는 모습을 똑바로 쳐다보세요. 마지막 눈물이에요. 당신은 그들을 공격할 수 있는 파워를 지녔어요. 그들을 박살내주세요. 여기 칼과 무기와 위대한 권능이 있어요. 당신은 쇠의 숨결, 쇠의 혈액. 당신은 이 세상을 구원할 유일자.

내 짝 희권이가 말한다.

헤비 메탈은 무시무시해. 지옥에서 온 사자들이야. 심장을 덜컹거리게 만들어. 기분이 안 좋아. 부정맥에 빠질 것 같다니깐. 이건 노래가 아니야. 소음이야, 소음. 자살이라도 하고 싶어. 지옥의 격노라니, 저주와 공포와 해골이라니. 저 쇠사슬과 가죽 바지는 코미디야. 오토바이를 타고 무대에 오르는 저 놈은 마초주의자 같기도 하고 KKK단 리더 같기도 해. 기타를 혀로 핥는 징그러운 짐승들. 세상에서 뿌리 뽑힌 자들 같기도 해. 너는 오염되는 것이야. 서늘한 공포를 느끼고 있어. 스스르 잠이 와. 오늘 난 악마와 친구가 된 것일까. 무엇을 해야 깨끗해질 수 있을까.

헤비 메탈은 시끄럽다. 그래서 헤비 메탈이다. 증폭된 금속의 울부짖음이 유쾌하다. 소음도 음악이다. 이것은 헤비 메탈을 위한 철학이 아니다. 익숙해지면 헤비 메탈이 평정을 불러오기도 한다는 것을 희권이는 모를 것이다. 나는 야간 자습 휴식 시간이면 주다스 프리스트를 흉내냈다. 대걸레 자루를 기타처럼 흔들며 휘두르며 포효하는 Rob Halford가 되었다. 그때 짝꿍 희권이가 나를 자제시키며 탠저린 드림을 소개시켜줬다.

독일 출신의 프로그레시브 밴드 탠저린 드림은 신디사이저로만 연주한다. 난해하다. 아름다운 재킷을 두른 앨범 『Phaedra』를 추천해주었지만, 나는 친구에게 미안하다는 말을 지금에서야 한다. 아직까지 그 앨범의 아름다움을 제대로 알지 못한다. 안드레이 타르코프스키의 영화 같다. 내 짝은 어려워 하는 날 위해 그들의 다른 앨범을 사줬다. 20년이 넘은 카세트테이프는 늘어졌지만 소리는 나온다. 참을 수 없는 음질로 날 고통에 빠뜨리지만 친구가 날 위해 사준 앨범을 버릴 수는 없다.

앨범 『Logos』는 런던의 더미니언 극장에서 열린 1982년의 라이브 실황을 녹음한 것. 무대 중앙에는 커다란 달이 떠올라 있고 세 명의 멤버가

앨범 『로고스』의 커버

신디사이저를 앞에 놓아두고 서 있다. 재생시키자 사회자의 간단한 소개 후 전자 음향이 영롱하게 울려 퍼진다. 약 50분 짜리 연주곡이 정교한 짜임을 갖추고 나를 방문한다. 세 대의 신디사이저는 빈틈 없는 소리의 그물을 펼친다. 상승하고 상승한다. 비상하려는 청년 전사의 무곡을 듣는 것 같다. 탠저린 드림의 다른 앨범보다 대중적이다. 곡은 완벽한 구조로 한 층 한 층 소리의 건축을 시도한다. 중학교 시절 단체 관람한 영화 중에 『특전 U 보트』가 있었다. 독일이 만든 2차대전 영화. 잠수함과 전쟁이 배경. 죽음에 직면한 군인들의 공포가 박진감 있게 표현된 영화. 전투에서 승리한 후 잠수함이 해수면 위를 활주한다. 만월의 시를 읽는 듯한 분위기. 반짝이는 바닷물을 가르는 잠수함과 온 세상을 가득 채운 달빛 속에서 에드가 프뢰제의 장려한 키보드 선율이 일렁거린다. 나는 탠저린 드림의 『Logos』에서 앨범의 유일한 명제인 "Wake Up, Logos!"가 어떤 의미인지를 가늠해보려고 한다. 감지할 수 있는 감각의 세계를 빛과 소리로 채워 당당하게 이성의 세계라고 선언하는 이들의 형이상학적 태도가 아트 락의 진보적 가치관을 대변하는 것 같다. 14분이 흘렀다. 밀림 너머에서 둥둥 울려오는 북소리. 신디사이저로 재현된 음성 'wake up'과 함께 긴장이 고조된다. 이제 탠저린 드림의 로고스가 상승하기 시작한다.

헤비 메탈과 아트 락은 나의 좁은 귀를 채워주는 중요한 두 기둥이다. 자극의 강도와 깊이. 헤비 메탈은 소리의 높이와 깊이를 지닌 채 수직으로 운동한다. 아트 락은 반대이다. 넓이와 다양함을 지향하는 이 음악은 주변의 예술적인 대상을 흡수하며 수평으로 움직인다. 음악과 사랑은 내

부와 외부가 만나 조응하면서 일으키는 긴장이자 열망이다. 그 어떤 경우에도 정지를 모르는 벡터이다. 시 역시 작동의 원리가 이와 비슷하다.

Metamorfosi와 Museo Rosenbach

이탈리안 아트 락 밴드 메타모르포시의 2004년 앨범 『Paradiso』와 1973년 앨범 『Inferno』은 연작이다. 조만간 『Purgatorio』도 발표된다고 한다. 단테의 『신곡』을 음악으로 옮긴 이 밴드의 삼부작 천국, 지옥, 연옥이 30년만에 완성될 시점이 다가오는 것이다. Enrico Olivieri의 키보드가 장엄한 소리의 성채를 쌓고 있는 명작 『인페르노』를 읽는다.

폐허가 되어 버린 고도에 / 무색의 꽃들이 피어나고 있네. / 슬픈 나무들이 하늘을 향해 가지를 뻗고 / 오랜 세월에 녹슨 가지……

—「Introduzione(인트로)」[1]

희망을 버린 모든 자들이여, / 이 문을 통과하는 저주받은 영혼들이여, / 뜨거움과 추위에 고통받게 되리라!

—「Porta Dell' Inferno(지옥의 문)」[2]

이 바다 속에서 / 너희들은 영원한 추위에 고통받으리라. / "대통령들이여," / 너희는 정치를 빙자하여, / 온갖 거짓을 만들었다. / 인류를 배반하였다. / 죽음의 권좌에 앉아계시는, / 위대한 대마왕이여, / 이제 이 저주받은 자들에게 / 당신의 분노를 표출하옵소서. / 다가올 우리의 지옥을 생각

---

1) sulle rovine di anti che citta, / crescono fiori senza colore. / alberi tristi tendono al cielo, rami corrosi dal tempo

2) lasciate ogni speranza, / o voi ch' entrat, anime dannate, / al caldo e al gelo soffrirete!

3) immersi in questo mare, / voi gelerete in eterno, / "signori presidenti," / con la vostra politica, / avete tessuto ogni inganno, / e trandito l' ideale dell' uomo. / sul trono della morte, / mostruoso imperatore, / maciulli quei dannati, / sfogando la tua rabbia. / e mi si gela il sangue, / presando al nostro inferno.

하니, / 나는 피가 얼어붙는 것을 느낀다.

— 「Lucifero(Politicanti)(루시퍼)」3)

메타모르포시의 『Inferno』 앨범 커버

단테의 서사시에 영향을 받은 웅장한 음악 『지옥』의 가사를 읽는다. 우리가 접하는 일상의 대중음악과 확연히 다르다는 점을 확인한다. 문학, 철학, 미술, 신화, 종교, 천문학 등을 가리지 않고 음악으로 흡수하는 아트 락은 1960년대 후반 영국에서 시작되어 1970년대 서유럽에서 화려하게 꽃을 피운다. 이탈리아는 음악의 다양함에서, 질적인 면에서 여타의 유럽 국가를 앞선다. 단테의 얼굴로 현실을 비판하는 이들의 준엄한 표정 너머에서 들려오는 서사시, 큰 음악, 압도하는 힘을 지닌 아트 락. 이탈리아의 다른 밴드 Museo Rosenbach의 앨범 『Zarathustra』가 나를 기다린다. '로젠바하 박물관'의 역작 『짜라투스트라』는 니체의 동명 책을 제재로 삼고 있다.

빛으로 빛나는 얼굴. / 사람들은 내게 너에 대해 이야기했다. / 너의 역사가 산의 메아리 속에 있다. / 너무 높다. 우리에게 전달될 수 없다. / 너의 영원한 길에는 네가 추구하는 것이 없다. / 목적이 없어도 존재가 가능하다. / 인생은 하루가 저무는 가운데서 끝난다. // 불행한 어두운 그림자, 나의 공허한 반영이구나. / 세상으로 나를 이끄는 힘을 네가 이해하려 해도 아무 소용이 없다. / 신의 밝은 본질은 또 다른 기다림의 새벽 안에서 / 시간의 유희 속에 살고 있는 자에게서 / 생겨난다.

— 「L' ultimo Uomo(최후의 인간)」

그러나 많은 대답은 고대적 삶을 혼란스럽게 만든다. / 수만 가지의 전통은 나의 주위에 벽을 만들었다. / (……) / 내가 찾는 자는 항상 내 옆에서 나타났다. / 아, 바로 여기 나에게서 내가 태어난다. / 초인이여 살아나라!

— 「Superuomo(초인)」[4]

대중음악의 예술성을 지향하는 아트 락의 방대한 영역은 규정하기가 어렵다. 대중음악이 흡수할 수 있는 타예술의 범위를 예증하는 아트 락은 다소 현학적인 느낌을 줄 수도 있다. 아트 락이 아니면 음악이 아니라는 폐쇄적 기호를 강화시키기도 하는 아트 락은 1970년대의 대중 문화가 꽃 피운 소중

『짜라투스트라』 앨범 커버

한 자산임에 틀림없다. 단테와 니체가 젊은 예술가들에게 영감을 불어넣는다. 불타는 영혼은 불가능을 모른다. 그들은 소리로 거대한 성당을 건축한다. 지옥에 빠진 인간들에게 초인을 맞이하라고 일갈하는 젊은 예술가들은 미래를 예지하며 오늘의 지친 우리들에게 뜨거운 열정을 가지라고 호소한다. 그리고 기다리라고 한다.

그들의 음악과 가사는 놀랍도록 현실적이어서 아름답기도 하고, 동시에 공포스럽기도 하다. 듣기 전에 그것이 비현실이었던 이유, 사랑이 없었기 때문이었다. 광기와 공포가 나를 물들였고, 사랑과 증오가 나를 마르게 했다. 그리고 여기에 그날의 나는 없다. 내 안에 더 깊은 어둠이 생기고 있을 때, 나는 그곳에 없었다. 나는 그곳에 살고 있지 않았다. 나는

---

4) 이탈리아어의 번역은 고대 국문과 대학원 박사과정에 재학중인 이탈리아인 니콜라 프라스키니가 맡아주었다.

모든 고통을 감내할 수 있었다. 그건 일종의 마취였고, 황홀이었다. 발화가 현실이 되고, 노래가 시가 되는 순간이 찾아들 것이다. 나는 다시 기다린다. 기다리면서 다시 기다리면서 천천히 경화된다. 그것이 나이다. 그것이 사랑이다. 그것이 노래이다. 다른 나가 나를 기다린다.

이상한 삶이었다.

Eddie Vedder와 Layne Staley

에디 베더

90년대의 얼터너티브 락은 발견의 기쁨을 주기에 충분하다. 펄 잼의 에디 베더와 Alice In Chains의 보컬리스트 레인 스테일리는 너바나의 컷 코베인과 Soundgarden의 Chris Cornell과 더불어 시애틀 그런지의 황금기를 이끌었던 불꽃이었다. 불꽃들.

에디 베더의 목소리는 고음 부분에서 찢어진다. 나는 펄 잼의 노래를 둘로 분류한다. 빠른 펄 잼과 느린 펄 잼. 빠른 펄 잼의 에디는 분노해서 으르렁거리는 한 마리 짐승이다. 포효하는 짐승의 목소리는 끝이 갈라지면서 부서져내린다. 기타와 드럼은 소리의 벽을 무너뜨린다. 빠른 펄 잼의 매력은 그들의 1, 2집에서 확인할 수 있다. 2집의 끝 곡 「Indifference」에서 첫 선을 보인 '음유시인' 에디 베더의 매력은 3집 『Vitalogy』에서 확연하게 드러난다. 우울과 분노와 광기를 내뿜으면서도 어느 순간 「불멸」을 읊조릴 때, 21세기의 음유시인을 목격하는 듯한 착각에 빠진다. 3집에 실린 「Tremor Christ」는 음유시인 에디의 차가움과 분노하는 에디의 뜨거움이 결합된 양상을 보여준다. 저 밑의 어둠에서 비롯된 무거움을 지닌 에디의 목소

리. 내가 지닌 어둠에의 동경. 쉰이 되면 눈
발 휘날리는 시골역에서 담배를 피우며 기
차를 기다릴 사람. 그를 위무하는 목소리.

마약, 중독, 자살. 밴드 앨리스 인 체인즈
의 레인 스테일리를 이야기할 때 뺄 수 없는
단어들이다. 스스로를 약으로 서서히 말살
한 레인 스테일리의 목소리는 염세적이고,
다분히 죽음 충동으로 가득 차 있다. 들으면
들을수록 빨려드는, 빨아들이는 그의 목소

레인 스테일리

리 때문에 서러움을 느낄 때가 있다. 빛살처럼 뻗어나가는 고음이 절정
부에서 감기며 안으로 꺾인다. 다른 좋은 노래가 있지만 나는 레인 스테
일리의 목소리와 창법이 드라마틱하게 조응하는 「Rain When I Die」를
좋아한다.

> 그녀는 내 좌절을 알려고 할까요? / 그녀가 안으로 들어오는 것, 느린 거
> 세예요 / 난 너무 어려운 수수께끼, 당신은 날 파괴할 수 없어요 / 그녀는
> 이곳에 와서 날 가지려고, 가지려고 했나요

> 그녀가 내 이름을 불렀나요」 / 내가 죽을 때, / 비가 내릴 거예요
> —「Rain When I Die」 부분

사랑 때문에 고통에 빠진 이 시의 화자는 죽음을 예감한다. 죽어가면
서 그가 할 수 있는 것은 비를 맞는 일이고, 죽음을 앞두고 그가 희망하
는 것은 죽는 순간 비가 내리기를 기원하는 일뿐이다. 그녀의 사랑은
'나'를 천천히 거세시킨다. '나'는 사랑 때문에 죽어가지만, '나'의 사
랑은 이루어진 적이 없었기에, '나'가 할 수 있는 일은 '나'의 목마름을

적실 마지막 빗줄기를 기다리는 것. 그녀가 한 번만 더 이름 불러주기를 화자 '나'는 바란다. 들리지 않는다. 빗소리가, 사랑의 상처가 빚어내는 이 시의 절망이, 그녀의 목소리마저 삼켜버린다. 죽을 때 내리는 비, 정점에서 명멸하는 레인 스테일리의 목소리, 빗소리. 저주를 품은 채 한없는 슬픔의 구덩이를 파놓는 음성. 절벽, 투신, 빛살, 따스한 약…… 절망으로 귀결되는 레인 스테일리의 목소리 이외에 청춘 송가 「We Die Young」의 떠오르는, 꽂히는, 저며드는 목소리와 강력한 기타 리프도 잊을 수 없다.

Go, 80' s

80년대를 떠올리면 머리가 아파진다. 분명 1980년대에 대학을 다녔는데, 벌써 20년이 지났는데, 숫자 80을 떠올리면, 어제 같기도 하고, 아직 87년 6월 어느 날이 저물지 않은 것 같기도 하고, 내일 다시 6월 1일이 될 것 같기도 하고, 이것과 저것과 어제와 오늘과 기억과 환상이 뒤섞여 나는 심한 갈증과 현기증 속에서 헤어나지 못한다. 결국 아직 이겨내지 못한 것이다. 여태 그날들, 그것들을 지우지 못한 것이다. 즐길 수도 있을텐데, 쯔쯧, 바보 아닌 다음에야 이럴 수는 없다. 마음이 문제겠지. 과거나 끌어안고 부드러운 명상에 젖을 일이다.

갑자기 제석이가 부르던 노래가 떠오른다. 운동권, 전투조, 혁명의 노래, 투쟁의 시녀, 민중의 선율…… 떠올리자 또 머리가 빠개지는 것 같다. 가슴이 빠개질 듯한 그리움과 고통 속에서 혁명을 기원하던 우리들이 아니었던가. 사실은 거의 숙취가 가져온 '가슴 빠개지는 고통' 이었다. 제석이는 낮엔 칼의 노래를 불렀고, 밤엔 유행가를 불렀다. 술을 마시지 않고 유행가를 부를 수 있는 용기. 난 그게 하염없이 부러웠고, 너무나 멋져 아무에게도 제석이의 비밀을 알리지 않기로 마음먹었다. 제석이가 주간에 부른 노래.

> 솔아 솔아 푸르른 솔아 샛바람에 떨지 마라
> 창살 아래 내가 묶인 곳 살아서 만나리라
>
> —노래를 찾는 사람들, 「솔아 솔아 푸르른 솔아」 부분

이 노래를 듣고 지금도 가슴이 멍해지고 눈물이 핑 돈다면, 그대는 영혼이 아름다운 사람. 나는 가슴이 답답하고 눈이 따가워진다. 최루탄 연기가 보인다. 우리는 이 노래에, 이 가사에 무엇을 투사[5]했던가.[6] 투쟁이 끝난 후에, 사랑이 완성된 후에, 죽은 다음에 닿을 것 같은 저 산 위의 푸른 소나무처럼 우리의 영혼 늠름하기를 염원했던 날들…… 아무것도 이루어지지 않을 것임을 잘 알고 있었기에, 그 푸른 소나무는 이곳이 아닌 저곳에서 이념처럼 아른거리는 신기루에 불과했다. 우리의 서정은 술자리에서 '푸르른 솔'[7]에 의탁되어, 흔적 없이 세탁되었다. 오늘의 푸른 소나무는 이렇게 바뀌었다. 80년대 학번들도 이제 기성세대가 되었다. 늙어 버렸다. 고전의 반열에 오른 이 노래의 부활 광경, 힙합으로 무장된 솔(soul) 음악을 듣는다.

---

5) 이 투사와 투사(鬪士)가 헷갈린다. 나는 일종의 망상에 빠진다. (Kill, Kill.) "선봉에 서서 하늘을 본다 고향집 하늘 위엔 굴뚝 연기가 / 투사가 되어 조국의 내일 이 몸과 이 혼으로 다져나가리 / 오~ 어머니 당신의 아들(딸) 자랑스런 민주의 투사 / 영광의 장정 뿌려진 피땀 어머님의 눈물이런가 / 파도가 되어 피끓는 함성 민주아 내 사랑아 싸워나가리"(민중가요 「선봉에 서서」)

6) '鬪士' 하면 뭐니뭐니 해도 군인 아니겠는가. 갑자기 비장해진다. 200km 행군 전 날엔 잠들기가 쉽지 않았다. 출발이 다가오자 두려움과 공포가 뒤섞였다. 걷기도 전에 땀 범벅이었다. 우리 모두는 투사였다. 우리는 그러니까 한때 모두 투사였던 셈이다. 중학생이었을 때 내 꿈은 투사가 아니라 투수였다. 마구를 던지는 투수. 홈플레이트에서 세 개로 갈라지는 마구…… 행군의 아침을 들으면 지금도 발이 아프다.(동이 트는 새벽 꿈에 고향을 본 후 / 외투 입고 투구 쓰면 맘이 새로워 / 거뜬히 총을 메고 나서는 아침 / 눈 들어 눈을 들어 앞을 보면서 / 물도 맑고 산도 고운 이 강산 위에 / 서광을 비추고자 행군이라네)

7) 담배 '솔'이 떠오른다. 소나무맛 담배는 아니었다. 빨간 솔과 파란 솔, 청솔과 적솔의 이원성을 말하고 싶다. 이상하게도 신촌에 가면 훨씬 맛좋은 청솔을 사기 쉬웠다. 동대문 너머에서는 적솔만 팔았다. 완전한 지역색이었고, 완벽한 차별이었다.

비에 젖은 70년대 서울의 밤거리 / 무너지고 찢겨져 버린 민족의 얼룩진 피를 / 유산으로 받은 나는 진정한 민중의 지팡이 / 모든 상황은 나의 눈으로 보고 판단 결단 / 살기 위해 허리띠를 조인 작업장 안의 꼬마는 / 너무나도 훌쩍 커버린 지금 우리 내 아버지 / 무엇이 이들의 영혼을 분노하게 했는지 / 알 수는 없지만 나는 그저 홀로 속상할 뿐이지 / 인간으로서 요구할 수 있는 최소의 요구 / 자식 부모 남편이길 버리고 죽음으로 맞선 / 이들에겐 너무도 절실했던 바람 / 하지만 무자비한 구타와 연행으로 사태를 수습한 / 나라에 대한 집단 비판 현실에 대한 혼란으로 / 이어져 몸에 불 지른 / 전태일의 추락 나는 말하네 / 늙은 지식인들이 하지 못한 많은 것들을 / 이들은 몸으로 실천했음을 // (……) // 이제는 모든 것을 우리 스스로 판단할 차례 / 7, 80년대 빈곤한 내 부모 / 살아온 시대 그때의 저항과 투쟁 / 모든 게 나와 비례할 순 없지만 / 길바닥에 자빠져 누운 시대가 돼가는 2000년대 / 마지막 꼬리를 잡고 / 억압된 모든 자유와 속박의 고리를 끊고 / 표현의 자유를 누릴 수 있는 나는 / 예술인으로 태어날 수 있는 진짜 한국인

—MC 스나이퍼, 「솔아 솔아 푸르른 솔아」 부분

그들은 '알 수 없다'고 말한다. 그리고 스스로 판단하겠다고 말한다. "억압된 모든 자유와 속박의 고리를 끊고 표현의 자유를 누릴 수 있"다고 말한다. 참 부럽다. 부끄럽다.

아직 끝나지 않았다. 투쟁은 시작되지도 않았다. 이 무슨 결연함이냐구? 유서를 쓰겠다는 뜻이 아니다. 비장해져서 어린 세대를 훈계하겠다는 말도 아니다. 그저 우리들 자신에게 조금의 용서와 화해와 평화를 달라고 기복할 뿐이다. 내가 꿈꿨던 사회는, 내가 가고 싶었던 나라는, 내가 이루고자 했던 가치는 실상 없었다. 있었는데 홀연 사라졌다. 그냥 보조를 맞추고 싶었고, 두드려맞기 싫었고, 가난과 착취와 자본과 노동 사

이의 관계를 알고 싶었을 뿐이었다. 나는 노래부르고 싶었다. 그것이 시이든, 꺾어 넘기는 트로트이든, 화염병 불꽃 같은 휘발성 민중가요이든 나는 노래로 날 무장하고 싶었다. 나의 노래는 그때부터 지금까지 지속되고 있지만 아직도 나는 노래가 무엇인지를 알지 못한다.

새벽 공기를 가르며 날으는 새들의 날갯죽지 위에 / 첫차를 타고 일터로 가는 인부들의 힘센 팔뚝 위에 / 광장을 차고 오르는 비둘기들의 높은 노래 위에 / 바람 속을 달려 나가는 저 아이들의 맑은 눈망울에 / 사랑해요라고 쓴다 사랑해요라고 쓴다 // 피곤한 얼굴로 돌아오는 나그네의 저 지친 어깨 위에 / 시장 어귀의 엄마 품에서 / 잠든 아가의 / 마른 이마 위에 / 공원 길에서 돌아오시는 내 아버지의 주름진 황혼 위에 / 아무도 없는 땅에 홀로 서 있는 친구의 굳센 미소 위에 / 사랑해요라고 쓴다 사랑해요라고 쓴다

—시인과 촌장, 「사랑일기」 부분

제석이가 노래를 부른다. 눈을 감고, 붉게 취해서, 담배를 손에 들고, "사랑해요라고 쓴다" 부분에 힘을 준다. 제석이의 눈에 눈물이 고인다. 나는 그에게 밝힐 수 없는 어떤 사연이 있다고 생각한다. 사랑의 힘 앞에서, 사랑의 마법 앞에서 우리는 숙연해졌다. 시인 하덕규가 쓴 사랑의 시구보다 아름다운 우리 생의 어느 날을 기다리며 우리는 조금씩 조금씩 무거워졌다. 속악한 현실에서 우리는 도피하고 싶었다. 서정적인 선율과 가사는 전부 공포스런 어둠에 빨려들고 말았다. 아름다움과 서정이 투쟁을 방기한 의식의 표본이 되었다.

시청 앞 지하철역에서 너를 다시 만났었지 / 신문을 사려 돌아섰을 때 너의 모습을 보았지 / 발 딛을 틈 없는 그곳에서 너의 이름을 부를 때 / 넌

놀란 모습으로 음 // 너에게 다가가려 할 때에 난 누군가의 발을 밟았기에 / 커다란 웃음으로 미안하다 말해야 했었지 / 살아가는 얘기 변한 이야기 지루했던 날씨 이야기 / 밀려오는 추억으로 우린 쉽게 지쳐갔지 / 그렇듯 더디던 시간이 우리를 스쳐 지난 지금 / 너는 두 아이의 엄마라며 엷은 미소를 지었지 / 나의 생활을 물었을 때 나는 허탈한 어깻짓으로 어딘가 있을 무언가를 아직 찾고 있다 했지 / 언젠가 우리 다시 만나는 날엔 빛나는 열매를 보여 준다 했지 / 우리의 영혼에 깊이 새겨진 그날의 노래는 우리 귀에 아직 아련한데 // 가끔씩 너를 생각한다고 들려주고 싶었지만 짧은 인사만을 남겨둔 채 너는 내려야 했었지 / 바삐 움직이는 사람들 속에 너의 모습이 사라질 때 오래 전 그날처럼 내 마음에 / 언젠가 우리 다시 만나는 날엔 / 빛나는 열매를 보여준다 했지 / 우리의 영혼에 깊이 새겨진 그날의 노래는 우리 귀에 아직 아련한데 / 라라라라라 라라라라라 (……)

—동물원, 「시청앞 지하철역에서」 부분

김창기가 만든 가사는 일상적이고, 보편적이다. 누군가 한 번쯤 겪었을 우리들의 이야기가 흐른다. 시청 앞 지하철역에서 나는 너를 만날 수 있을 것이다. 너를 만나기 위해 나는 지하철역을 배회한다.[8] 너를 만나기 위해 필요한 것은 우연이다. 내가 잊지 않았다면, 나는 너를 지금 당장이라도 만날 수 있을 것이다. 구부정한 어깨, 뒷목을 덮는 단발머리, 늘 신던 나이키 운동화, 접어 입은 청바지 그리고 솔…… 문이 닫혔다. 네가 탄 열차를 나는 쳐다보기만 한다. 분명 너였다. 나는 언제나 네 곁에 있었던 셈이다. 내가 널 잊지 않았기 때문에 너 또한 나를 기억하고

---

8) 이 대목에서 갑자기 스쳐 지나가는 노래, 「Come Back」.(J Geil's Band) "이곳에서 나는 아주 바보처럼 서 있어요 / 나는 당신 같지 않아요 / 오, 제발 잔인해지지 말아요 / 도와줘요, 도와줘요 / 당신이 알다시피 나는 그렇게 강하지 않답니다 / 도와줘요, 도와줘요 / 나는 너무 오랫동안 외로웠어요 // 돌아와요 (그대여) / 돌아와요-당신은 나에게 돌아오지 않을 건가요 / 돌아와요 (그대여) / 돌아와요." 아주 바보가 된 것처럼 부르고 싶은 노래. 촌스러워서 더 정감 묻어나는 코러스. 떠나간 '너'의 뒤통수에 대고 "컴 백! 베이베~"

있었을 것이다.

지하철역의 입구에서 다시 뒤돌아본다. 내리는 눈발에 지워진 너를 찾으려는 듯이 나는 허공을 응시한다. 인적이 없는 거리, 황혼녘에 보초를 서고 있는 실루엣들이 옛날에 익숙했던 어떤 노래나 어떤 향기와 마찬가지로 은근히 내 마음을 뒤흔들었다. 나는 아무것도 아니었고, 아무것이기도 했다. 아무것이나 되고 싶었다. 세상 따위야 아무렇게나 되기를 원했다. 파동이 나를 뚫고 지나갔다. 허공을 떠돌고 있던 그 모든 메아리들이 차츰차츰 결정체를 이룬 것이다. 그것이 바로 나였다.

아마도 첫사랑이었을 것이다. 수줍음 때문에 손도 잡아보지 못했을 것이다.[9] 아무것도 아닌 '나' 와 '너' 의 만남을 파고드는 세파는 감상도 되지 못하는 것이겠지만, 우리 이제 생이 어쩌구 가난과 사랑이 어쩌구 따위 집어치우자고 말했으면 행복했을 것이다. 결국 "언젠가 우리 다시 만나는 날엔 빛나는 열매를 보여 준다"고 하며 헤어질 수밖에 없는 우리들이여, 우리가 살았던 어이없는 80년대여, 굳빠이!

언젠가 "우리 다시 만나는 날 / 나는 거기서 기다릴 거예요 / 거기서 당신을 기다릴 거예요 / 왜냐하면 그동안 집 없는 개처럼 너무 외로웠기 때문이에요."[10] 그날이 오면, 우리 다시 만나는 날에, 우리는 어떤 표정을 지을까. 웃으며 울겠지, 슬픔이 눌어붙은 표정으로 엷게 미소 짓겠지. 천천히 지하철역을 빠져나가겠지.[11]

---

9) 85년이었나, Joy라는 밴드가 부른 「Touch By Touch」가 전 대한민국의 히트곡이었잖아. 정말로 개와 소도 흥얼거렸을지 몰라. 아이들도 "터~치 바이 터~치" 부르고 다녔으니까. 달콤 말랑한 유로 댄스. 최루탄 냄새는 맡을 수 없는 바닐라 같은 노래. 왜 남자들은 첫사랑에 순결을 투사시킬까. 왜 첫사랑의 순수함을 지키기 위해, 신념처럼, 강고한 투사가 되는 것일까. "손에 손잡고 벽을 넘어서"(88 서울 올림픽 공식 노래인 '코리아나' 의 「손에 손잡고」) 가려 하는 곳은 어디일까. 하룻밤 사랑과 첫사랑의 차이, 노느냐 놀지 못하느냐의 간극. "닿을 때마다 당신은 언제나 나의 연인 / 피부가 맞닿네요 내 옷 아래로 오세요 / 내 마음이 사랑으로 가득 차오를 때마다 / 나는 비둘기 같은 연인이 되죠 / 사랑은 우리가 밤낮으로 즐기는 놀이." 아마도 이 노래의 '사랑' 은 섹스를 지칭하겠지」

10) The Moody Blues, 「The Day We Meet Again」의 부분.

11) 지하철을 즐겨 타지 않는 나에게 깊게 새겨진 역은 2호선 강변역이다. 1987년 말에 중부고속도로가 개통되었다. 휑한 들판의 어둠을 밀어내는 강변역의 불빛이 아련하다. 청주 가는 버스를 타기 위해 들락거리던

동서울 터미널 콘센트 가건물 밖으로 침몰하는 우주선 같았던 강변역을 보며 막 배운 담배를 열심히 피워댔다. 누군가를 만나기 좋겠다고 생각했다. 막연히 무엇인가를 기다려도 좋을 것 같은 강변역, 강 옆의 역, 강 바람이 세찼던 역, 담배를 피우기에 적당했던 어두운 역, 강가의 인적 드문 역. 정호승의 시 「강변역에서」는 휘황한 불빛에 포위된 강변역의 요즘 분위기와는 전혀 어울리지 않는다. 어느날 시인은 귀가 중에 그 역에서 내려 어둠에 파 먹힌 한강을 바라보았을 것이다. 어둠의 아가리 속에서 별빛처럼 나타날 누군가의 존재를 믿었을 것이다. 막 눈발이 휘날리기 시작한다. (너를 기다리다가 / 오늘 하루도 마지막 날처럼 지나갔다 / 너를 기다리다가 / 사랑도 인생이라는 것을 깨닫지 못했다 / 바람은 불고 강물은 흐르고 / 어느새 강변의 불빛마저 꺼져버린 뒤 / 너를 기다리다가 / 열차는 또다시 내 가슴 위로 소리 없이 지나갔다 / 우리가 만남이라고 불렀던 / 첫눈 내리는 강변역에서 / 내가 아직도 너를 기다리고 있는 것은 / 나의 운명보다 언제나 / 너의 운명을 더 슬퍼하기 때문이다—1연)

4부 여행과 노래

수타사壽陀寺 가는 길

그는 지금 자전거를 닦고 있습니다. 오랜만에 나들이를 가려고 합니다. 장마가 끝났습니다. 7월의 햇빛이 눈부십니다. 시력을 잃을 수도 있지요. 조심해야 합니다. 선글라스라도 쓴다면 좋겠습니다. 손바닥을 햇빛 속으로 내밉니다. 타닥거리며 햇빛이 튀어 오릅니다. 오늘은 하이킹에 좋은 날. 눈 뜰 수 없는 햇빛이기에 기꺼이 망명해도 좋을 것입니다.

동면 소재지의 시가지 초입, 국도와 지방도로가 교차하는 네거리 미친소주유소는 개점 휴업중입니다. 그는 워크맨으로 음악을 듣고 있습니다.

내가 어릴 때 어머니께서 말씀하셨어 / 하나뿐인 아들아, 이리 와서 앉아라 / 그리고 내 말을 잘 들어라 그리고 네가 이렇게 한다면 햇빛 찬란한 날이 올 거야 // 여유를 가지고 너무 급하게 살지 말아라 / 시련은 다가왔다가 곧 지나기 마련이니까 / 여자 친구를 사귀어봐 그러면 네 사랑을 찾게 될 거야 / 그리고 아들아, 저 높은 곳에 누군가 있다는 걸 잊지 말아라

// (……) 얘야, 내가 너에게 바라는 건 만족하는 삶을 사는 거란다

— Lynyrd Skynyrd, 「Simple Man」 부분

전봇대 옆에서 불빛처럼 둥글게 앉아 달처럼 이우는 엄마

얘야 괜찮단다, 불빛이 두려울 때면 눈 감고

목젖 너머로 어둠을 삼키기 때문에, 엄마는 수척해진다고

늙은 달이 말하지요, 길 잃고 돌아설 수 없을 때

느리게 백 보 차근차근 다시 백 보 모퉁이 돌아가면 보인다

전봇대 앞에서 오줌 눌 때는 조심해라 가로등이 훔쳐본단다

너는 나의 기둥이란다, 엄마 내게는 행운이 없어요

불빛보다 가벼운 그림자라면 길 없어도 돌아올텐데

비처럼 돌멩이 쏟아져도 몸 성히 돌아올텐데

기타 전주가 들려옵니다.[1] 그는 기타 소리를 듣습니다. 어머니의 손을 잡고 울음을 터뜨리는 탕아를 떠올립니다. 어머니는 지금도 기도를 드리겠지요. 어머니, 하나뿐인 나의 어머니, 그 푸른 숲속으로 빨려드는 바람의 무게를 잴 수 있을까요. 어머니는 지금 어디에 계시는 것일까요. 저 높은 곳에서 어머니는 아버지를 만났나요? 햇빛 찬란한 날에 나는 어머니를 만나겠지요. 어머니의 사랑 너머에 새 사랑이 기다리겠지요. 나의 아들에게 전해줄 말은 무엇일까요. 노래의 후주가 시작됩니다. 기타가 부서져 내리고 있습니다. 그곳의 어머니를 위해

고향에 내려와 / 빨래를 널어보고서야 알았네. / 어머니가 아직도 꽃무늬 팬티를 입는다는 / 사실을. / 눈 내리는 시장 리어카에서 / 어린 나를 옆에 세워두고 / 열심히 고르시던 가족의 팬티들, 평퍼짐한 엉덩이처럼 풀린

---

1) 「Simple Man」과 Scorpions의 「Always Somewhere」는 전주의 코드가 같다.

하늘로 / 확성기 소리 짱짱하게 날아가네. 그 속에서 하늘하늘 한 / 팬티
한 장 어머니 / 볼에 문질러보네. 안감이 붉어지도록 / 손끝으로 비벼보시
던 꽃무늬가 어머니를 아직껏 여자로 살게 하는 무늬였음을 / 오늘은 그
적멸이 내 볼에 어리네.

—김경주, 「어머니는 아직도 꽃무늬 팬티를 입는다」

(『나는 이 세상에 없는 계절이다』) 부분

햇빛 속으로 노래가 흘러갑니다. 삼일 동안 쏟아지던 비의 냄새가 거
리를 떠돌고 있는 것 같습니다. 하늘에 해. 바람은 자전거를 휘돌아 노래
의 선율을 싣고 멀어집니다. 회화나무 가로수의 끝이 보입니다.

그는 어둠보다 푸르고, 푸른 어둠 너머의 습기 쪽으로 뿌리를 두고,
흰 은하수를 빨아 마십니다. 검은 저 입은 돌아가야 할 무덤 같습니다.
그는 밤으로 눈을 만들고, 새벽의 노을로 입을 만들고, 바람으로 귀를 내
어 지나는 사람을 붙들기도 합니다. 지금 그는 다시 두 팔 벌리고 손짓합
니다. 임신한 엄마가 웃고 있습니다. 350년 살아온 그의 몸에는 탄생의
흔적이 있습니다. 낳을 때마다 몸 뒤틀어 새겨놓은 통증. 겹겹의 껍질이
화강암 같습니다. 죽으면서 새로 태어나고, 시작하며 죽음을 완성하는
그가 웃고 있습니다. 나무를 지나치는 그의 입술도 서서히 나무가 되는
듯합니다. 허공이 그의 몸으로 들어오고, 그가 허공을 조금 밀어냅니다.
자전거가 나아갑니다. 나무의 새 가지가 팔을 뻗는 중입니다. 그가 모퉁
이를 돌아 시선에서 사라졌습니다. 「심플 맨」의 끝자락이 들려옵니다.

어쩌면 이 세상에는 빼앗긴 자만이 부를 수 있는 노래가 있을지도 모
릅니다. 눈물 흘리며, 땅을 치며 부르는 노래는 슬프지 않습니다. 모든
것을 체념한 듯이 저주를 뿜어내는 음성은 지겹습니다. 단 하나만을 믿
는 당신은 오후의 서정을 생각하겠지요. 그건 너무 평범해요. 당신은 너
무 절대적이에요. 절대적인 당신은 흔들리지 않겠지요. 당신에게 모든

것을 빼앗긴다 해도 당신이 절대로 빼앗을 수 없는 음악이 나를 아름답게 합니다. 당신은 무력과 권력으로 모든 것을 굴복시킬 수 있다고 생각할지 모르지만 당신은 그의 음악을 뛰어넘을 수 없습니다. 음악 속에서 음악이 되며 움직이기 때문에, 음악 자체이기 때문에, 음악의 몸인 울음에 닿을 수 있기 때문에 나를 당신이 이길 수 없는 것입니다. 자유의 의미를 당신은 몰라, 음악은 항상 현재의 우리에게 지혜를 주지, 음악만이 선택받았다고 생각해, 음악만이 우리를 구원해줄 수 있을거야. 당신이 우리의 흔적을 지운다 해도 우리는 당신을 미워하지 않겠어, 당신을 용서하고 사랑할 수 있다는 것에 한없는 자긍심을 느껴, 인간이 가질 수 있는 가장 높은 열망을 음악이 실현시켜.

나는 미래의 그리고 과거의 사람이 아니라는 것 / 오늘 내가 증명하려고 노력해야 하는 것 / 몸은 저 멀리로 사라졌고 / 생각은 슬픔과 고통을 줍니다 // 어머니 우주여 내가 노래를 느끼게 / 내 눈물을 마르게 해주세요 / 그리고 삶 이후에 어떻게 남아야 하는지를 가르쳐주세요 // 상상해보세요 비그친 후 태양이 어떻게 빛나는지 / 새가 당신에게 말하는 것을 / 맹인의 그림이 나에게 말해줘요 / 내가 믿어야 할 내 안의 숨결을 받아들이라고
—Wallenstein, 「Mother Universe」 부분

그가 수타사에 도착했습니다. 물소리가 귀를 씻어 내립니다. 물은 절집을 휘돌면서 커다란 소와 작은 폭포를 만들었습니다. 그는 계곡을 거슬러 오릅니다. 그를 따라갑니다. 그는 사람 없는 곳을 찾는 중입니다. 물속에 몸의 반쯤을 담근 너른 바위에 앉아 담배를 피웁니다. 그는 담배를 손가락으로 팅겨 물에 버린 후 일어나 다시 걷기 시작합니다. 머리 위로 절벽과 절벽 너머의 해가 보입니다. 땀 때문에 상의가 젖습니다. 묵묵히 그의 짧은 그림자를 뒤따랐습니다. 그는 담배를 피우며 물을 쳐다보

고 있습니다. 어떤 말이든지 해주기를……

그는 나[2]에게 아무것도 말하지 않습니다. 하늘에 구름이 모여듭니다. 물소리가 가득합니다. 양말을 벗었습니다. 그는 수영을 합니다. (너도 물에 들어오지 않겠니? 내키지 않으면 관둬.) 뒤집어놓은 양말과 바지. 그는 내 앞에서 수영을 합니다. 그가 물빛이 되고 있습니다. 툭 풀어질 듯합니다. 물이 되어 흘러내려갈 듯합니다.

머리카락은 더디게 마릅니다. 오들오들 떨면서, 등에 와 닿는 햇살의 까실까실한 촉수를 느끼고 있습니다. 햇살 때문에 희미해진 당신이 엄마를 떠오르게 합니다. 엄마는 임신중이었고, 엄마는 나를 키우는 중이었고, 엄마는 햇빛에 바랜 푸석한 웃음처럼 그곳에 서 있겠지요. 당신도 엄마를 따라 그 먼 나라로 가려는지도 모릅니다. 49재를 지내기 위해 일가족이 대적광전大寂光殿 쪽으로 걸어옵니다. 당신을 만났던 그해 여름에 써두었던 편지는 부치지 못했습니다.[3]

우체부가 가져가지 않는다 내 동생이 보고

구겨 버린다 이웃 사람이 모르고 밟아 버린다

---

2) 그곳에서 나는 무엇을 했던가. 과거를 사랑이라 부를 수 있겠는가. 그때 나는 거기에 있었던 것일까. 내 기억이 재구하는 것들을 나는 사실이었다고 판단내릴 수 있는가. 그것이 정녕 나였을까. 혹 귀신은 아니었을까. 다른 내가 거기에 살고 있었던 것은 아닐까. 한 마리 물고기가 있었다. 늘씬한 유선형 물고기가 헤엄치고 있었다. 나는 끈끈했고, 근원을 알 수 없었던, 지향할 바 역시 없었던 적의의 덩어리였다. 비워지지도 않았는데 자동으로 채워지던 분노, 폭발할 수 없었던 열기. 그 앞에서 내가 절망하면서, 울면서 피우던 담배 연기가 휙 지나간 듯하다. 나를 풀어헤치는, 용해시키는, 희석시키는 연기. 연기 뒤에서 나를 지켜보는 다른 나의 얼굴을, 아가미 발름거리는 다른 나의 목덜미를 깨물고 싶다. 통증이 많을수록 좋다. 그것이 생의 한 자락이었기에, 기술하는 현재의 나를 그날의 나가 의심하기에 나는 아직 살아서 판단을 유보하고 바람의 끝에 돌출해 있는 칼날을 바라본다.

3) 마지막 훈련으로 도피 탈출이 남아 있다. 산정분지에 가득찬 억새를 흔들고 바람이 지나간다. 나는 바람에 결박당한 채 흔들리는 억새꽃을 본다. 내 몸이 조각조각 찢어지는 것 같다. 항복하고 싶다. 견뎌낸다는 것이 결국 패배라는 것. 패배하면서 난 새롭게 죽을 것이라는 것. 다시는 결코 돌아오지 못할 것이라는 것. 패배의 골목으로 방향 지워져 있다는 것. 내가 지녀왔던 모든 것들의 생멸에 대한 판결을 바람이 내릴 것 같은 느낌. 바람의 포승줄에 묶여 있다는 것. 내게 불어오는 바람이 한 겹 한 겹 날 감싼다. 뼈마디 속으로 얼음의 손길이 들어온다. 난 아주 천천히 얼음기둥이 되고 있는 거야. 지금 이곳에서 살아 움직이는 것은 바람뿐이야. 그때부터 난 변하지 않는, 부패하지 않는 얼음이었어. 얼음 분자 사이에 불꽃이 숨어 있을 수 있다는 것을 믿겠니. 내 얼음 속에 존재하는 불꽃이 과연 무엇인지, 혹시 네가 그 불꽃일까.

그래도 매일 편지를 쓴다 길 가다 보면

남의 집 담벼락에 붙어 있다 버드나무 가지

사이에 끼여 있다 아이들이 비행기를 접어

날린다 그래도 매일 편지를 쓴다 우체부가

가져가지 않는다 가져갈 때도 있다 한잔 먹다가

꺼내서 낭독한다 그리운 당신…… 빌어먹을,

오늘 나는 결정적으로 편지를 쓴다

— 이성복, 「편지」(『뒹구는 돌은 언제 잠깨는가』) 부분

현관에 뜯겨진 편지가 놓여 있었어

그 편지를 다시 그 자리에 두고 싶다 했지

황량한 모래 해변에 서 있던 그녀를 본 적이 있어

그 모래 위에 편지를 남겨 두고 싶어

— Pearl Jam, 「Yellow Ledbetter」 부분

여행과 노래와 기형도의 시

우리는 지금 영월로 가고 있습니다. 영월읍 입구의 선돌로 일몰을 보러 가는 중입니다. 우리가 탄 자동차는 막 영월군 경계를 지났습니다. 모두가 담배를 피우고 있습니다. 선돌 입구에 차를 세웁니다. 앞서 가는 낯선 사내의 그림자. 1989년, 생의 어둠을 끌어안고 스스로를 처형시킨 시인을 만납니다. 그의 잿빛 표정을 읽습니다.

나를 끌고 다녔던 몇 개의 길을 나는 영원히 추방한다. 내 생의 주도권은 이제 마음에서 육체로 넘어갔으니 지금부터 나는 길고도 오랜 여행을 떠날 것이다. 내가 지나치는 거리마다 낯선 기쁨과 전율은 가득 차리니 어떠한 권태도 더 이상 내 혀를 지배하면 안 된다.

—기형도, 「그 날」(『입 속의 검은 잎』) 2연[4]

---

[4] 이하에서 인용되는 기형도의 시는 제목만 밝힘.

기형도의 시는 어둠 속에서 물 먹은 별처럼 수축과 팽창을 반복합니다. 그를 생각할 때마다 떠오르는 단어. 고립, 유폐, 안개, 절망, 고통. 이 단어들 앞에서 우리는 무참해집니다. 죽은 시인의 얼굴이 보입니다. 그는 왜 그곳으로 떠났을까요. 그에게 세상은 왜 그토록 절망적이었을까요. 검은 망토를 두르고 차가운 가을비를 맞고 있는 음울한 시인의 초상. 우리에게 기형도는 그렇게 각인되어 있습니다. 그는 지워지지 않는 '블랙' 입니다.

나는 밖을 걷고 있어요 / 노는 아이들이 날 둘러싸고 있어요 / 난 그들의 웃음소리를 느낄 수 있어요 / 왜 나는 아이들의 웃음소리에 그슬리나요」/ 그리고 내 머리를 휘젓는 뒤틀린 생각 / 난 돌고 있어요 / 난 돌고 있어요 / 태양은 얼마나 빠르게 멀어져가는가요 // 그리고 이제 나의 비통한 손은 깨진 잔을 흔들고 있어요 / 무엇이 그 전부였나요」/ 모든 사진이 검정에 부식되었어요, 검정이 문신처럼 새겨진 모든 것들…… / 가버린 모든 사랑은 내 세계를 온통 검게 물들였어요 / 검정이 문신처럼 새겨진 / 내가 보는 모든 것들 / 내 모든 존재 / 내게 다가올 모든 것들
—Pearl Jam, 「Black」 부분

흑黑에 부식된 생을 뒤로 하고 우리는 떠나왔습니다. 우리는 돌아가겠지요. 그는 돌아가지 않을 것입니다. 억압된 자들은 귀환할 것입니다. 그는 귀로를 알지 못합니다. 뿌리 들린 자의 고통 속에서 우리는 황홀한 상처를 핥고 있습니다. 그의 고통에 공감하며 길 떠나기. 그의 시를 읽기는 편하지 않습니다. 어둠의 채색화, 이율배반적인 이 말이 그에게 적당한 수사라고 생각합니다. 낯선 거리의 두꺼운 어둠을 더듬습니다.

어두운 차창 밖에는 공중에 뜬 생선가시처럼

놀란듯 새하얗게 서 있는 겨울 나무들.
한때 새들을 날려보냈던 기억의 가지들을 위하여
어느 계절까지 힘겹게 손을 들고 있는가.
간이역에서 속도를 늦추는 열차의 작은 진동에도
소스라쳐 깨어나는 사람들. 소지품마냥 펼쳐 보이는
의심 많은 눈빛이 다시 감기고
좀더 편안한 생을 차지하기 위하여
사투리처럼 몸을 뒤척이는 남자들.
발 밑에는 몹쓸 꿈들이 빵봉지 몇 개로 뒹굴곤 하였다.

—「鳥致院」 부분

우리는 지금 절망 속에 와 있습니다. 여기 모인 저들, 저들을 바라보는 우리 모두가 절망의 덩어리가 되고 말았습니다. 절망의 마티에르가 바로 이런 것이군요. 어둠을 향해 풀어놓는 시인의 무채색 언어가 살갗에 새겨지고 있습니다. 흑으로 물든 여수旅愁가 우리를 사로잡습니다. 언제까지 이 낯설고 자욱한 연기가 우리를 따라올까요. 우리 생을 그슬리는 절망의 눈빛을 홀로 떠안고 연기처럼 떠돌던 그는 오래 전에 어둠의 음악이 되고 말았습니다.

나에게는 낡은 악기가 하나 있다. 여섯 개의 줄이 모두 끊어져 나는 오래 전부터 그 기타를 사용하지 않는다. '한때 나의 슬픔과 격정들을 오선지 위로 데리고 가 부드러운 음자리로 배열해주던' 알 수 없는 일이 있다. 가끔씩 어둡고 텅 빈 방에 홀로 있을 때 그 기타에서 아름다운 소리가 난다. 나는 경악한다. 그러나 나의 감각들은 힘센 기억들을 품고 있다. 기타 소리가 멎으면 더듬더듬 나는 양초를 찾는다. 그렇다. 나에게는 낡은 악기가 하나 있는 것이다. 그렇다. 나는 가끔씩 어둡고 텅 빈 희망 속으로 걸어

들어간다. 그 이상한 연주를 들으면서 어떨 때는 내 몸의 전부가 어둠 속에
서 가볍게 튕겨지는 때도 있다.

—「먼지투성이의 푸른 종이」 1연

석양 앞에서 기형도를 생각합니다. 그가 몸으로 연주하려 했던 검은
노래를 듣습니다. 붉게 물든 그림자가 우리를 따라옵니다. 지금 기형도
는 어둠을 향해 질주합니다. 어둠의 인력에 흡입되는 순간 그는 어둠보
다 깊은 적막이 되는 것입니다. 희망의 소실점이 저 석양이겠지요. 우리
를 끌어당기는 피할 수 없는 어둠의 거대한 근육을 그는 알고 있었음에
틀림없습니다. 우리는 지금 석양을 빨아들이는 어둠을 맞이합니다. 이
제 어둠에 갇힙니다. "우리는 가장 어두운 밤의 가장 어두운 시간에 당
도했습니다. 아침의 빛으로부터 백만 마일이나 떨어져 있습니다. 잠들
수 없습니다. 무엇을 해야 할지도 알지 못합니다. 우리는 지금 한밤의 블
루스를 듣습니다."5)

밤은 그렇게 왔다. 포도압착실 앞 커다란 등받이의자에 붙어 한 잎 식물
의 눈으로 바라보면 어둠은 화염처럼 고요해지고 언제나 내 눈물을 불러
내는 저 깊은 쏜中들. 기억하느냐, 그 해 가을 그 낯선 저녁 옻나무 그림자
속을 홀연히 스쳐가던 천사의 검은 옷자락과 아아, 더욱 높이 흔들리던 그
머나먼 주인의 임종. (……) 밤들어 새앙쥐를 물어뜯는 더러운 달빛 따라
가며 휘파람 부는 작은 풀벌레들의 그 고요한 입술을 보았느냐. 햇빛은 또
다른 고통을 위하여 빛나는 나무의 알을 잉태하느니 從着여, 그 놀라운 보
편을 진실로 네가 믿느냐.

—「포도밭 묘지 2」 2연 부분

---

5) Gary Moore, 「Midnight Blues」 부분.

어둡고 푸른 포도밭 묘지의 풍경. 어둠을 응시하는 시인의 시선은 허공에 붙들려 있습니다. 식물의 눈으로 떠가는 허공을 바라봅니다. 허공이 "화염처럼 고요"하게 느껴집니다. 비명 지를 수 없는 시인은 서서히 연소될 뿐입니다. 화염처럼 고요한 죽음과 그 죽음에 내재되어 있는 마지막 발열이라는 가쁜 고통 앞에서 기형도는 공포에 물듭니다.

한 시대가 공포와 죽음으로 기록되었습니다. 그 시대가 한 시인의 내면에 치유될 수 없는 상처를 남겼습니다. 그것이 1980년대의 절망입니다. 기형도의 목탄화를 통해 그 시대의 살풍경을 아주 오랫동안 기억할 수 있을 것 같습니다. 기형도의 시가 거듭 읽히는 이유 역시 80년대라는 특정한 시대뿐만 아니라, 그의 직관이 전취轉取해낸 공포와 죽음의 기운이 여전히 깊은 그림자를 우리의 머리 위에 드리우고 있기 때문일 것입니다. 그렇기 때문에 그의 직관은 시대의 어둠보다 큰 힘으로 다가옵니다.

사랑을 잃고 나는 쓰네

잘 있거라, 짧았던 밤들아
창밖을 떠돌던 겨울 안개들아
아무것도 모르던 촛불들아, 잘 있거라
공포를 기다리던 흰 종이들아
망설임을 대신하던 눈물들아
잘 있거라, 더 이상 내 것이 아닌 열망들아

장님처럼 나 이제 더듬거리며 문을 잠그네
가엾은 내 사랑 빈 집에 갇혔네

—「빈 집」 전문

유폐된 공간에 우리는 갇혔습니다. 기형도는 빈 집에 자신을 가두었고, 그 안에 세상과 단절된 사랑이 있습니다. 그는 세상과의 격절을 선언합니다. 그는 열망을 잃고, 사랑을 잃고 눈물을 흘리며, 종이에 시를 씁니다. 아무것도 씌어지지 않은 종이는 공포의 대상입니다. 그를 짓누르고 있는 차가운 겨울 안개는 납빛 공포의 얼굴로 울고 있는 시인의 표정마저 지워버립니다. 그 어떤 것도 시인을 유폐된 공간에서 끌어낼 수 없을 듯합니다. 너무나 강력한 힘이, 보이지 않는 힘이 그를 에워싸고 있습니다. 그는 피할 수 없었습니다. 문을 걸어 잠그고 그는 공포와 대면합니다. 백색왜성처럼 빈 집에 웅크린 기형도는 '사랑을 잃고' 시를 씁니다. 그 모든 공포와 죽음의 풍경이 시대의 징후로 읽힙니다. 그가 겪을 수밖에 없었던 절망의 생생함 앞에서 우리는 고통에 서서히 침윤되어 가고 있는 중인지도 모릅니다. "죽느냐, 자느냐. 아마도 꿈이겠지요."[6]

절망에 익숙해진 사람은 어둠 후의 내일을 믿지 않습니다. 그는 우리에게 부질없는 노력을 하지 말라고 합니다. 시인의 충고는 낮고 어둡습니다. 희망의 표정은 늘 우리가 간파해오던 것. 길 위에서 희망을 노래하려는 우리에게 그가 말합니다, 희망의 낯섦에 대해. 우리에게 추억이 밀려듭니다. 선돌의 석양과 어둠은 이미 부서진 세계일지도 모릅니다. 과거가 우리에게 흘러들고 있습니다. 기형도는 "기우뚱 / 망각을" 봅니다. 미래의 다른 두 이름인 희망과 불안 앞에서 "나는 이미 늙은 것" 이라고 그가 절규합니다. 과거는 사라졌습니다. 현재는 죽어가는 시간일 뿐입니다. 미래는 오지 않습니다. 희망이라는 어이없는 추상 명사 앞에서 우리는 세계의 와해를 예감합니다. 기형도의 목소리는 저주에 가까워집니다. 저며 드는 낮은 목소리를 듣습니다. "얼마나 느린 속도로 사람들이 죽어갔는지 / 얼마나 많은 나뭇잎들이 그 좁고 어두운 입구로 들이닥쳤는지"를 우리는 알지 못합니다. 그날 그곳에 우리는 없었습니다. 모두가 살인을 묵인했습니다. 우리는 침묵으로 그 일을 승인했습니다. 우리들에게 모든 "추억은 황량"[7]할 뿐입니다. 우리는 "한 번도 만난 적 없는 그를 생각"합니다. "그 일이 터졌을 때" 우리는 "먼 지방에 있었"습니다. "먼지의 방에서 책을 읽고 있었"습니다. "그리고 그 일이 터졌"고 "얼마 후 그가 죽었"습니다. "망자의 혀가 거리에 흘러넘쳤"습니다. "공포에 질려" 우리는 "더듬거"렸습니다. "이곳은 처음 지나는 벌판과 황혼" "입 속에 악착같이 매달린 검은 잎이" 두렵습니다. 우리는 "그의 얼굴을 한 번 본 적이 있"습니다. "신문에서였는데 고개를 조금 숙이고"[8] 환하게 웃고 있었습니다.

간판들이 조금씩 젖는다

나는 어디론가 가기 위해 걷고 있는 것이 아니다

둥글고 넓은 가로수 잎들은 떨어지고

이런 날 동네에서는 한 소년이 죽기도 한다.

저 식물에게 내가 그러나 해줄 수 있는 일은 없다

언젠가 이곳에 인질극이 있었다

범인은 「휴일」이라는 노래를 틀고 큰 소리로 따라 부르며

자신의 목을 긴 유리조각으로 그었다

지금은 한 여자가 그 집에 산다

그 여자는 대단히 고집 센 거위를 기른다

가는 비……는 사람들의 바지를 조금 적실 뿐이다

(……)

나는 안다, 가는 비……는 사람을 선택하지 않으며

누구도 죽음에게 쉽사리 자수하지 않는다

---

6) New Trolls, 「Adagio」 부분.
7) 「정거장에서의 충고」 부분.
8) 「입 속의 검은 잎」 부분.

그러나 어쩌랴, 하나뿐인 입들을 막아버리는

가는 비……오는 날, 사람들은 모두 젖은 길을 걸어야 한다

— 「가는 비 온다」 부분

우리는 내일 청령포로 갈 것입니다. 그곳에서 죽은 단종을 만날 수 있을까요. 남한강 푸른 물을 보면서 우리는 흘러간 그들을 그리워할지 모릅니다. 비는 가고, 비는 다시 오고, 가는 비는 어깨를 적시고, 가는 비…… 영원히 멈추지 않을 떠나는 비. 내일 청령포에 가는 비 올까요.

나는 이곳에서 비를 기다립니다 / 그리고 다시 한번 당신을 보기를 / 비 내리는 4000일의 밤 / 당신과 함께 할 4000 밤 / 당신과 함께 한 4000일의 밤 / 나는 당신을 기억합니다 / 당신은 모든 것이 어둠에 물들었을 때 / 내게 희망을 주었어요 / 그 어떤 사람도 사라질 수 없습니다 / 내 안에서 영원합니다

— Stratovarius, 「4,000 Rainy Nights」 부분

음악 없이 산다는 것은 불가능한 일[9]

차에 시동을 걸고 달려봐요. 산맥을 넘어 동해로 갑니다. 8월의 당신은 휴가중입니다. 바다를 향해 가는 당신. 산을 넘고 있는 당신의 얼굴이 환합니다. Steppenwolf의 「Born To Be Wild」가 가슴을 파고듭니다.[10] 우리는 질주하는 뜨거운 포신들. 모험을 찾아, 새로운 세계를 찾아 달려갑니다. 어떤 일이 일어난다 해도 우리는 달릴 거예요. 세계를 포용할 거예요. 저 너머를 향해 우리는 전진합니다. 바람보다 빠르게 다른 바람 속으로 빨려듭니다. 소실점을 향해 날아가는 불화살처럼 우리는 도로를 정복해요. 우리는 연기와 번개를 사랑해요. 바람과 함께 레이스해요. 우리는 야성의 태생, 점점 하늘로 올라가요.

Foreigner의 「Waiting For A Girl Like You」를 들어요. 연애의 꼭짓점을 찍는 사랑의 발라드죠. 산이 멀어져요. 저 산이 나를 물리쳐요. 나의 애인은 다른 산을 쳐다보고 있어요. 너 같은 여자를 기다린 것이야. 어디

---

9) John Miles, 「Music」 부분.
10) 가사와 나의 말이 구분없이, 자유롭게 뒤섞이고 있다. 방종과 오역. 즐겁다.

에 있었던 거야. 나의 애인은 울지 않아요, 노래 부르지 않아요. 그녀의 눈에 소용돌이치는 것들. 빨려들어 허우적댔던, 셀룰로이드 눈동자. 그녀와 나의 관계. 헤어지자고 할 때마다 A 스타일 세 번, P 스타일 여섯 번. 그리고 두 번만 더. 엎치락뒤치락, 버들잎이 뒤집혔다. 대야의 물이 넘쳤다. 헤어지기 전에 딱 한 번. 그녀는 내 허리에 구름을 걸어두었다. 한 번의 눈흘김으로 나는 그야말로 내던져진 인생. 가련쿠나, 인생아. 관상가는 말했다. 뱀띠 여자를 조심하고 박씨 윤씨 서씨는 만나지 말고…… 사랑? 바람 속의 먼지야. 눈동자 속 은하, 사랑의 소용돌이. 우리는 이제 춤을 춰야 해요. 사랑의 춤 말이에요. 신나는 80년대 댄스곡 Men Without Hats의 「The Safety Dance」와 Michael Sembello의 「Maniac」.[11)]

미시령 정상에서 잠시 차를 세웁니다. 미시령의 큰바람에 몸을 부풀려 보세요. 우리는 '돌아오지 않아도 좋아, 죽어도 좋아'를 외치는 철부지 십대들처럼 흥분합니다. 구름 밑의 바다가 우리를 기다리니까요. 등에 날개가 돋을 것 같으니까요. 미시령 정상에서 바람에게 말을 겁니다. 큰바람을 바라봅니다.

> 풍경 전체가 바람 속에
> 바람이 되어 흔들리고
> 나는 놓칠까봐
> 나를 품에 안고 마냥 허덕였다
>
> — 황동규, 「미시령 큰바람」 부분

이곳에서 우리들은 바람과 대결합니다. 바람의 몸피가 장대합니다.

---

11) 영화 『멕시칸』과 『플래시댄스』의 주제곡으로 사용되었던 두 노래. 1980년대의 가벼운 댄스곡이 우리를 즐겁게 한다. 「매니액」은 Irene Cara의 후광을 입은 노래이기는 하지만 지금 들어도 여전히 가늘고 맑고 경쾌하다. 마이클 셈벨로는 어디로 갔을까?

황소 눈알을 치켜 뜨고 덤비는 듯합니다. 이 큰바람 앞에서 우리들은 날아오를 것 같습니다.

읽어라 그를, 버려지지 않는 목소리를, 들어라

빠르게 이동하는 좌표계 속에서, 움직이는 기관 속에서
멈추는 순간, 바람의 벽에 부딪힐 것이다
햇살이 관통하고 음파가 넘어온다
물무늬 번지는 바람에 볼을 대고 피부로 외계를 읽는다
문자가 얼굴에 새겨진다

바람 방향으로 몸을 굽힙니다. 바람의 면상에 주먹을 날리고 싶습니다. 발 아래의 동해 바다가 큰 입을 벌리고 세상의 모든 바람을 빨아 마시고 있습니다. 딱딱한 바람 속에서 사랑의 두께를 느낍니다. 사랑의 크기와 속도를 감지합니다.

나는 단지 살덩어리일 뿐. 그러나 나는 당신이 요구하는 것이라면 무엇이든지 될 수 있어요. 나는 제너럴 모터즈의 회장도 될 수 있어요. 혹은 모래 알갱이라도 될 수 있어요. (……) 당신을 사랑합니다, 당신을 사랑합니다, 당신을 사랑합니다. 이전에 너무나도 많이 했던 말. 나는 당신을 사랑합니다. 나는 당신을 사랑합니다.[12]

미시령의 바람이 사랑을 침식시킨다. 사랑 후에도 이 바람은 남을까. 요동치는 눈앞의 저 세계를 사랑할 수 있을까. 그리고 당신.

---

12) Blood, Sweat & Tears, 「I Love You More Than You'll Ever Know」 부분. 알 쿠퍼(Al Cooper)의 목소리는 사랑에 기갈든 남자의 절망스런 표정을 떠올리게 만든다.

　　나뭇잎 하나가

　　아무 기척도 없이 어깨에
　　툭 내려앉는다

　　내 몸에 우주가 손을 얹었다

　　너무 가볍다

— 이성선, 「미시령 노을」 전문

　　나뭇잎과 노을이 한 몸이 되는 광경. 미시령 노을 속에서 우렁우렁한 눈으로 우리를 쳐다보는 시인.

　　당신의 얼굴에 얼비친 미소가 생을 행복하게 합니다. 당신을 내 품에 다시 안은 기분을 어떻게 말로 설명할 수 있을까요. 내가 당신과 얼마나 함께 있고 싶어 하는지 어떻게 나의 말로 설명할 수 있을까요. (……) 당신이 날 바라보면 사랑의 감정에 복받쳐 행복 위로 날아오를 듯합니다. 이 사랑을 간직하고 독수리보다 더 높게 날아오릅니다. 당신이 다시 날 바라볼 때를 기다릴 수 없습니다.[13]

　　바람 위의 독수리. 독수리의 선회 비행. 폭격기. 폭격당한 인생. 바다에 내려 앉는 노을. 당신의 고요함 속으로, 바람의 눈썹 같은 나뭇잎 한 장이 그려놓은 노을, 침투합니다. 터널의 끝, 따스한 햇빛이 당신을 위로할 것입니다.[14] 미시령을 내려갑니다. 우리를 어루만지는 저녁의 불빛 속을 바람의 속도로 달립니다. John Bonham[15]의 드럼이 우리를 두드립니다.

두 팔을 벌려요, 넓게 벌려요. 세상을 껴안아요. 이 바람이 스피드를 갈취해요. 그대여 나의 사랑을 받아줘요. 너무 오랫동안 우리는 외롭고, 외롭고, 외롭고, 외롭고, 외로웠어요.[16) 우리는 외로움의 자식들. 이제 파괴만이 우리를 기다려요. 우리는 행진합니다. 우리는 먼 그곳을 향해 행진합니다. 아무도 우리의 귀환을 말할 수 없습니다.[17) 우리가 맑고 선명한 눈을 가졌나요? 그렇다면 나에게서 광명을 앗아가세요. 우리가 순결한 영혼을 지녔나요? 그렇다면 우리의 영혼을 화염 속에서 살해하세요.[18) 우리는 두려움이 없어요. 우리는 전진하는 바람이에요.

우리는 도시의 유목민. 우리는 이곳 저곳을 가지요. 우리는 도시의 유목민. 모래가 우리의 얼굴이에요. 우리는 유목생활중이에요. 우리는 움직여야 해요. 우리는 도시의 유목민. 우리에겐 충분한 공간이 없어요. 우리는 도시의 유목민. 우리는 이 자리에 익숙해지지 않을 거예요.[19)

우리에게는 음악이 필요합니다. 바람을 위해, 길을 위해, 바다를 위해, 우리의 싱그런 에너지를 위해 불꽃을 피워올려야 합니다. 담배를 물고, 창문을 내리고 볼륨을 높입니다. 우리는 지금 여름 속을 항진중이니까요. 터져도 좋습니다. 태양보다 뜨거워져도 좋습니다. 녹아내릴 때까지, 분해될 때까지 우리는 질주해야 해요. 끝까지, 갈 데까지 가자구요.[20)

---

13) Triumvirat, 「For You」 부분.

14) Metallica, 「No Leaf Clover」 부분.

15) 희미한 전설 같은 드러머. 드럼을 치다가 드럼이 부서졌다는 얘기며, 술 마시다가 죽어버렸다는 영웅담을 들으며 나는 야~ 야~ 멋진데! 했다. 문자로 치환되지 않는 어떤 간절함. 나는 존 보넴에게 경탄과 숭배를 바쳤다. 그는 부술 수 있었고, 정말로 자신의 드럼과 육체를 파괴했다. 그리고 그는 육체를 소거시키고 대신 음악을 남겼다.

16) Led Zeppelin, 「Rock' n' Roll」 부분.

17) Saxon, 「Crusader」 부분.

18) Rammstein, 「Eifersucht」 부분.

19) Double, 「Urban Nomade」 부분.

20) 당신이 여름을 지나갈 때 들으면 좋은 음악. 그러니까 나의 첫 번째 컬렉션에 자리잡은 나머지 노래들. 신나는 노래들. 속도 계기판의 바늘이 움직인다. 노래는 점점 빨라지고 있다. Electric Light Orchestra의 「Last Train To London」, Human League의 「(Keep Feeling) Fascination」, ZZ Top의 「Legs」, Pantera의 「Fucking Hostile」.

5부 하이브리드 텍스트

꽃나무 아래에서 당신과 낮술을

— DJ Ultra의 리믹스 (1)[1]

이게 진정한 삶일까? 이게 진정한 환상일까? 산사태에 묻힌 것처럼 현실을 벗어날 수가 없다. 가끔 나는 아예 태어나지 않았어야 했다고 생각한다. 난 그저 불쌍한 놈. 아무도 날 사랑하지 않는다. 나는 그저 가난한 집에서 태어난 가난한 아들이다. 나를 사랑했던 당신을 잊지 않는다. 날 사랑해놓고서 어떻게 날 죽도록 내버려둘 수 있는가?(The Queen, 「Bohemian Rhapsody」)

만약 내가 알고 있는 슬픔 때문에, 내가 알고 있는 비밀 때문에 큰 소리로 운다면 누군가 내 짐을 덜어줄텐데…… 어디선가 울음소리가 들려온다. 나뭇잎의 울음인가? 땅에 떨어지면서 나뭇잎들이 나를 부르네. 나와 나무 외에는 아무것도 없다. 나와 침묵 사이에 그 어떤 것도 존재하지 않는다. 침묵으로부터 도망가고 싶다. 당신을 만나고 싶다. (Alan

---

1) 나 'Ultra'는 DJ로서 나의 글과 대중음악의 텍스트를 배치할 것이다. 두 텍스트의 경계는 불분명하다. 괄호 속에 명기된 텍스트의 주인공들에게 고마울 따름이다. 그들은 나에게 인용·변용을 허락하지 않았다.

Parsons Project, 「Silence & I」)

　　당신은 액체의 물성物性을 사랑하여 액체가 된 사람. 내가 액체라고 말하는 순간 당신은 주르르 쏟아지고, 출렁이는 몸속의 액체 때문에 당신은 엷어진다. 이쪽에서 저쪽을 잡아맨 액체의 시선, 수면에 번득이는 눈, 코, 입술, 가라앉는 머리카락. 모든 단어가 한쪽으로 움직이는 이 거리의 질서는 황홀하다. 당신은 용해된 지 오래되었다.(DJ Ultra)

　　호수를 따라 걷는다. 따스한 오후였다. 훈풍이 아이들의 풍선을 붙들고 온다. 옛날, 그렇게 오래 되지는 않은 그날, 당신은 나와 함께 살았고, 당신은 나를 사랑했고, 당신은 나를 원했다. 오랜 이별이 나를 슬프게 하는 오늘, 당신은 물 위를 걸어온다. 당신은 물이 되었다. 나는 지금 당장 이곳을 떠나야 한다, 당신이 나에게 건너오기 전에, 당신이 얼어붙기 전에.(Camel, 「Long Goodbyes」)

　　당신은 죽은 은행나무에 기대어 울고 있다. 올올이 풀려 먼지가 될 듯하다. 머리카락마다 흰 물방울 반짝이고 있다. 당신의 입김이 닿자 썩은 나무에서 열매가 열린다. 암나무 수나무 두 그루 손을 뻗어 핏줄을 섞는다. 셀 수 없는 물방울들이 한꺼번에 터졌다. 당신이 입을 벌리자 거품 같은 달빛 어두운 하늘을 향해 퍼져 나간다. 바삭 씹힐 것 같은 달빛. 몸 밖으로 부드럽고 따스한 달빛을 뿜어내면서 당신은 내 곁에 5분 동안 머물렀지만…… 깨어보니 수 세기가 지난 후였다. 밥알처럼 흩어진 당신이 밟힌다. 달의 포자가 발바닥에 눌러 붙는다. 당신은 달빛에 스며들어 있는 듯 없는 듯했다. 나는 당신과 함께 어둠 속으로 들어간다. 나는 당신에게 삶의 비밀을 보여주고 싶다. 당신은 월광화. 당신은 밤의 육성. 당신이 날 부르면 나는 따라갈 것이고, 우리는 달빛을 받으며 사랑의 환희에 젖을 것이고⋯⋯(DJ Ultra & Michael Cretu, 「Moonlight Flower」)

　님 떠날 때, 손수건 흔들며 눈물 흘리며, 불러보는 노란 손수건. 은행나무 가지에 늘어뜨린 태반, 주렁주렁 태아들, 소음기를 달고, 안락사시켜줘. 노란 손수건으로 입을 틀어막고, 사이렌을 울려줘. 님 떠날 때 흔들었던 노란 손수건. 나는 노란 혓바닥 날름거리고, 푸득 참새들 날아오르고. 바람의 통로에 걸려 있는 노란 손수건. 씨방 속에 주름 속에, 잘 여문 씨앗들. 어둠 속의 노란 손가락, 참외 속 씨앗처럼 가지런한 눈동자들, 떨어져 조각난 유리눈알. 펄럭이는 노란 손수건. 태진아처럼 엄지 세우고 노란 수건 흔들며, 성황당 금줄 밑에서 노래하며, 참새의 혓바닥으로 노래하며, 당신만을 사랑하는 나는 당신만을 기다리지. 손수건을 흔들면 님이 오신다기에 흔들었던 손수건 노란 손수건.(DJ Ultra & 태진아, 「노란 손수건」)

　당신과 나 사이의 확인 가능한 절망. 분단은 휴전선에만 있지 않다. 당신과 나 사이의 철조망. 기름과 물, 가령 실린더오일과 나의 눈물, 당신과 나의 혈액형. 그러니까 나는 당신과 나를 동일시하는 병에 이제껏 시달려왔던 것이다. 당신의 저녁을 밝히는, 불빛 환한 퇴근길에, 마른 잎새 하나 떨어진다. 굴뚝새는 집으로 돌아간다. 당신의 목소리는 빨리 스며든다. 불빛마다 당신이 어른거릴 때, 당신의 어깨에 내려앉는, 나를 닮은 단풍잎 하나조차 절정인데 나는 왜 우는가. 언제나 한 발 앞서가는 당신.(DJ Ultra & 심수봉, 「올 가을엔 사랑할거야」)

　당신이 내게 하는 말. 비는 여전히 소슬거리고 있지요. 80년대풍 노래는 부르지 마세요. 껍질 안에 숨어 있는 가을 달빛의 숨소리.
　들리나요, 우리가 헤어지던 날 노을에 잠긴 과수원 언덕의 깊은 침묵.

사과 같은 사랑. (사과 같은 사랑은 유치하군요). 신물이 넘어오네요. 당신의 체취 슬퍼서 말 못하겠어요. 비가 말을 건네네요.

깊은 가을 깊은 가을 사랑에 빠져 사랑에 빠져 사랑에 빠진 사과 한 알 같은, 당신과 당신의 사과 같은 나.

돌밭을 걸어가면서 나는 내 삶이 더 쓰린 끝을 향하고 있다는 것을 알게 되었어요. 나는 사랑할 준비가 되어 있는데, 나는 이곳에서 당신과 사랑하고 싶은데, 나는 지금 어디로 가는 것인가요. 사랑을 나눌 때 시간은 잴 수 없어요. 당신과 나는 서로의 가슴 속에 살고 있어요. 나는 내 세계에 당신을 들이기 위해 무엇이든 할 거예요.(DJ Ultra, Bad Company, 「Ready For Love」 & Babra Streisand, 「Woman In Love」)

사랑 앞에서 나는 강인한 결박의 숨소리를 듣는다. 당신에게, 출혈하는 바람에게 물어본다. 우리의 지난날이 얼마나 공격적이었는지. 거리에서 태양의 호루라기 소리에 맞춰 칼날처럼 일제히 떨어져 내리는 마른 낙엽들. 가을에 무너지는 것은 마음만이 아니다. 당신, 손 내밀어 나를 붙잡아줘요. 녹색 신호를 기다리는 순간조차 나는 견딜 수가 없다, 당신. 분노한 자만이 용서할 수 있으므로, 나는 분노마저 잃어버렸던 것이므로, 걸어온 천변의 날들에 경의를 표한다. 당신 먼저 나를 용서해라. 종이비행기 날리는 아이의 얼굴 위로, 무겁게 날개 펴는 상강의 석양. 사랑 앞에 서 있는 나의 치욕. 당신을 용서한다.

이제 당신과 헤어진다. 안녕. (DJ Ultra & Bananarama, 「Na Na Hey Hey Kiss Him Goodbye」)

접시꽃 뒤에 숨는다. 철길 위로 일제히 날아오른 잠자리들. 파닥이는 햇빛에 찔려 투명하게 우는 당신. 울타리 너머로 기차는 지나고, 건널목의 차단기가 올라가고, 옥수수처럼 흔들리는 두 사람. 대궁 꺾인 그림자.

우리가 그러했던가? 철길 옆 오막살이 개척교회에서 들려오는 찬송. 지금 그의 몸, 내가 먹는 한 조각 빵, 그의 피로 만든 한 잔 포도주. 죽어가는 자는 세상의 전부를 걸고 담배를 피운다. 두 시간 후에 당신과 나는 어디에 도착할까. 강속구 투수가 전력을 다해 투구하듯이, 169km로 날아가는, 날아가는 당신에게 작별을! 바이 바이 러브 바이 바이 해피니스 헬로우 론리니스.(DJ Ultra & The Everly Brothers, 「Bye Bye Love」)

언젠가 가겠지 푸르른 이 청춘, 지고 또 피는 꽃잎처럼. 달 밝은 밤이면 창가에 흐르는 내 젊은 연가가 구슬퍼. 날 두고 간 님은 용서하겠지만, 날 버리고 가는 세월이야. 그렇게 흘러간 세월이야 나를 알 리 없고, 내가 기억할 리도 만무하고, 돌아서서 나는 그렇게 흘러가는 거야. 세월에 깎이며 부식되며 썩으며 나는 천천히 시드는 꽃처럼─어떻게? 멜랑콜리하게! 어떻게? 좆나게─우울해지면 되는 거야.(산울림, 「청춘」 & DJ Ultra)

차부에는 흘러가는 바람. 아주 오래 전에, 아주 아주 오래 전에, 나는 당신만을 위해 블루스를 연주했는데, 다시 사랑에 빠지기는 쉽다고 말했는데, 그 사랑이 나를 다시 고통으로 이끄는군요. 당신은 아직도 블루스를 연주하나요. 원통의 차부에서, 원통해서 떠날 수 없던, 그 끈적끈적한 당신의 입 속에서, 나는 당신을 지키겠다고 약속했는데, 당신을 지키지 못한 나는 지금 원통해서 원통에서 울고 있습니다. 아주 오래 전부터 나는 당신의 얼굴을 봐 왔는데, 지금 내 마음은 빈 공터, 차부처럼.(Gary Moore, 「Still Got The Blues」 & DJ Ultra)

나는 어떤 변화를 맞이하는데, 나는 절대로 멈춘 적이 없는데, 당신이 나를 건드려도, 우리의 사랑을 비난하는 사람은 아무도 없어요. 아무도 우리를 알지 못해요. 우리의 사랑은 완벽한 완성을 위해 상승 중입니다. 당신이 내게 주었던 그 따스함이 이제는 공허로 바뀌었어요. 그것이 변화로군요. 그것이 사랑의 완성인가요? 우리가 나누었던 그 깊은 사랑, 이곳에 없어요. 당신은 어디로 갔나요. 온갖 추문도 우리를 위협하지 못하지만, 단풍잎 하나가 우리를 아프게 하겠지요. 그것이 사랑이니까. 변화를 일으킨 당신의 말 한 마디, 그 격동 속에서, 우아한 붕괴 속에서, 나는 다시 그 말을 들으려 합니다. 사랑해, 영원한 아들아.(Yes, 「Changes」 & DJ Ultra)

온 밤을 같이 했어요. 당신과 모든 것을 나누었어요. 당신의 미소 때문에 무엇인가 잘못되어 간다는 것을 알지 못했어요. 나는 바보이니까요. 내가 바랐던 것은 오로지 하나. 당신이 날 만지고, 날 느끼고, 영원히 당신의 것으로 만드는 것.(Rainbow, 「All Night Long」 & DJ Ultra)

아버지, 아버지, 우리는 이미 깊은 사랑에 빠졌어요. 우리는 서로를 원해요. 나눈 것이 너무 많아 분리될 수 없어요. 뼈와 살조차, 핏줄과 신경조차, 미끄러운 살갗조차. 우리는 너무나 깊게 빠져들었어요. 당신의 은혜가 필요해요. 나는 지금 고통스러우니까요. 당신의 몸이 지금 당장 필요해요. 나는 아들이 아니라 당신의 연인. 나는 영원히 당신이라는 형벌을 짊어지고 노예처럼 근엄하게 행진할 거예요.(Madonna, 「Papa Don't Preach」 & DJ Ultra)

우리가 이룬 것이 무엇일까. 우리의 사랑은 무엇이었을까. 어둠의 커튼 뒤에서 우리는 무슨 일을 했던 것일까. 해가 진다. 메시아는 다시 돌아올까. 천만에, 천만에, (천년만에?) 잘못된 사랑에 목숨 걸고, (만원 걸고) 새우깡 안주로 소주 마시듯, 그것도 강의실 앞 잔디밭에 앉아서 나발 불면서, 고래고래 투쟁가를 부르며, 고래처럼 영혼이 비만해지기를 빌며 울며 불며…… 촛불이 피 흘리는 격노의 눈동자 같아요. 새로운 어둠을 맞이하며, 증오와 멜랑콜리의 순정한 결합을 기다리며……(DJ Ultra & Graveworm, 「Behind The Curtain Of Darkness」)

　　나는 공포와 증오에 사로잡혀, 절망의 땅으로 움직이고 있다. 나는 그것을 마땅히 피라고 불러야 한다. 그것은 나의 피일 뿐. 나무는 피를 머금고, 나무는, 나는, 공중에 피를 뿌린다. 땅속 어둠을 빨아올려 허공에 피를 뱉어낸 나무의 적의. 어둠에 빨아 먹힌 후. 몸에 저 피를 채우고 싶다. 흐르지 않는 피, 휘발하지 않는 피, 나에게 다가오는 피, 나를 물들이는 적의 피. 단풍 속에서, 아버지의 붉은 얼굴 속에서…… 나와 그의 사랑이 쏟을 피가 저러할 것이다. 처단된 후에, 다시 시작되기 전에 고요하게 허공에 배어들리라, 나의 피, 당신의 피. 그리고 나와 당신들의 청춘.(DJ Ultra)

우리는 치욕을 건너 겨우 사랑에 도달했네

— DJ Ultra의 리믹스 (2) ： 조연호, 『저녁의 기원』[2]

아, 당신. 휴대전화의 연결음, 「Starless」. 거의 1년만에 전화를 걸었는데, 지워진 당신의 목소리, 들려오는 노래 소리. 1974년에 발표된 King Crimson의 『Red』. 그리고 「별이 없는」. 딜런 토마스의 시에서 제목이 나왔고, 리차드 팔머 제임스가 작사했던 노래.

찬란한 날의 일몰 / 황금빛이 내 눈을 비추네 / 하지만 이제 내 눈에는 / 별빛 없는 밤 그리고 검은 성경 // (……) // 시리도록 차가운 은빛 하늘은 / 회색 구름으로 변해가네 / 희망도 언제나 그렇듯이 회색으로 변해가네 / 별빛 없는 밤 그리고 검은 성경

존 웨튼의 젖은 목소리가 점점 무거워집니다. 당신의 목소리를 찾아내기 위해 듣고 또 들어도 갈라질 듯한, 부식될 듯한 웨튼의 목소리가 위험과 절망을 교묘하게 봉합하고 있는 것 같아요. 쓸쓸함. 당신이 날 떠날때, 이런 쓸쓸함이 나를 포위했습니다. 은빛 비단 휘장이 바람에 휘날리

는 것 같은 멜로트론의 선율. 멜 콜린스의 저미는 색소폰. 점점 광기를 흡착하는 프립의 기타. 들리는 모든 소리가 저 심원에서 눈을 뜨고 있는 '블랙'의 맥박 같은데, 당신이 돌아간 그곳, 그곳까지 이 음악이 전달될지……

　당신, 나의 에너미. 에너미 스테이트. 스테이트 오브 인디펜던스. 나는 당신에게서 떨어져나온 살점이군요. 그렇군요. 저는 종려나무로부터 빚어진 사람이군요. 그렇군요 아버지가 그토록 열중한 것. 만능 기판과 저항, 엄마를 지졌던 인두도 같은 걸로 하나 마련해야죠. 납이 타는 냄새 속에 몽롱히, 축협으로 떠나는 돼지 등이 유리알처럼 반짝이던 한때. 귀신을 본다든가, 헛것을 본다든가, 나의 유령들은 소자素子와 저항에 견주어 불충분한 것에 가깝습니다. 우리는 구름의 약한 전류에 감전되듯 비좁게 천국과 지옥 사이를 오고 갑니다.[3] 헤븐 앤 헬. 당신은 지옥, 이곳은 천국. 당신은 천국, 이곳은 지옥. 나와 당신은 결코 다시 만날 수 없습니다. 당신이 떠난 날부터 나는 그림자가 되었습니다. 나는 익다 만 쌀입니다. 타들어가는 저수지 바닥에 누워 있습니다. 나는 먼지-인간입니다. 당신은 죽은 뒤에도 성장을 그치지 않습니다. 죽은 뒤에도 계속 자라는 손톱과 머리털이 사람이 가졌던 기억에서부터 자란다는 것[4]을 지금에서야 깨닫습니다.

　내가 사랑한 당신. 당신을 사랑한 엄마. 나는 엄마의 노예지요. 엄마는 아빠의 식모구요. 아빠는 우리의 제왕이지요. 아주 파워가 세요. 전투력이 너무 높아서 대적할 수가 없어요.

　한 때 우리는 금붕어를 길렀어. 두꺼운 커튼이 드리워진

　커다란 유리창, 그 곁에 놓인 책상 위, 작은 어항 속에서

---

2) 고딕체는 조연호의 글이다. 이 글은 조연호의 시와 나의 독백과 다른 텍스트들이 뒤섞인 잡종 텍스트이다. 교접된 텍스트는 각주에서 밝힌다.
3) 「근친의 집」 중 '부계(父系)' 부분.
4) 「근친의 집」 중 '제씨의 꿈' 부분.

그들은 둥글게 헤엄치곤 했지.

항상 미소 짓던 어머니, 우리들 모두가 즐거워하길 바라면서

어머니는 내게 말하곤 했지, "행복해 하거라, 헨리,"

맞는 말이지: 행복할 수 있다면

행복해야지. 하지만 말야.

아버지는 일주일에도 몇 번씩 나와 엄마를 두들겨 팼어.

육 척 장신의 몸속에 끓어오르는 분노,

도대체 무엇이 그의 내부에서 그 자신을 공격하는지를

알지 못했기 때문이었지.

내 어머니, 가여운 붕어,

일주일에 두 세 번씩 두들겨 맞던 행복을 원하던 어머니,

"헨리, 미소 지어 봐!

넌 왜 미소 짓지 않니?" 말하곤 하던 어머니,

어떻게 미소 짓는가를 보여주려는 듯

스스로 미소 지어 보이던 어머니, 그것이 내가 본 가장 슬픈 미소야.

어느 날 다섯 마리 금붕어가

죽어서 물위에 떠올랐지, 눈을 뜬 채

옆으로 누워 떠다니던 붕어들,

집에 돌아온 아버지는 부엌 바닥에 금붕어를 내던져

고양이 밥이 되게 했어. 그때도 어머니는 미소 짓고 있었고

우리들은 바라보고만 있었지.

— Charles Bukowski, 「잊을 수 없는 미소(A Smile To Remember)」 전문

옛날, 그 일은, 사실이었을 것이다. 열두 살 때 아빠가 붕어 한 마리를 사

줬다. 붕어는 밝은 것을 향했고 내 충고는 들으려 하지 않았다. 아이는 엄청나게 슬픈데 아빠는 여자친구와 즐겁게 오목을 둔다. 떨어지고 있지만, 아주 천천히 떨어지고 있으니까 괜찮아요.[5] 죽은 붕어는 슬프지 않아요. 방방곡곡, 가가호호, 비일비재. ‘풍비박산’ 같은 단어는 이제 지겨워요. 쾌도난마快刀亂麻는 어떤가요. 잘 드는 칼로 타고 다니던 말-아들을 마구 절단시키는 거죠. 사무라이 검으로 날 옭아매고 있는 당신을 잘라내는 겁니다. 사지 절단, 숫구치는 피, 칼이 살을 파고들어 뼈에 닿을 때 들려오는 둔탁음. 그리고 고요.

당신이 가출했을 때, 엄마가 울다 녹아내릴 때, 형제들의 도시락을 싸면서 엄마가 코피를 흘릴 때, 당신은 다른 사람의 옷을 벗기고 있었다고 해요. 우리는 엄마의 도시락을 까 먹으며 자꾸 성장했어요. 뚜껑을 열면 흰 쌀알들이 검정 콩과 함께, 동그란 보리와 함께 우는 표정으로, 곧 먹힐테니까, 나에게 말을 걸었어요. 우린 엄마의 알이니까 너무 세게 쥐면 깨질 거예요, 민들레 같은 녀석이란 소릴 들으면서도 초연했지. 수예품점에서 바늘을 한가득 사들고 가족들이 돌아온다. 신비한 이별, 여름 가출길, 껍질 속에서 나눈 혼잣말들은 더듬이 밖으로 아득히 사라질 것이다. 우리는 시작이 없다는 점에서 구체球體와 동등해지고 있어요. 10분 전의 나는 이후의 나보다 더욱 외부外部입니다.[6] 목욕탕에서 서로 등을 밀어주다 보면, 불현듯, 살을 깎아내리고 있다는 느낌. 혹은 아르마딜로 한 마리가 점점 웅크리는 듯한 느낌. 동생을 임신한 엄마. 나는 낙타의 혹이었던 것 같아. 쌍봉낙타와 엄마의 젖무덤. 고향이 ‘청주’ 같은 지명이 아니라서 행복해. 내 고향은 낙타야. 나는 유방 출신이야. 고향이 없다는 건 참 좋군, 황금 비율 같아. 향수병 때문에 여자는 자꾸 아이를 낳는다, 봄과 가을의 멸치처럼.[7] 엄마

---

5)「근친의 집」 중 ‘뜰린, 물거품, 기욺’ 부분.
6)「근친의 집」 중 ‘모계(母系)’ 부분.
7)「근친의 집」 중 ‘모계(母系)’ 부분.

는 자꾸 동생을 낳는다. 아버지가 자꾸 알을 낳는다. 이상한 밤의 결과이다. 배를 맞대면, 집안이 환해졌다. 엄마의 능력은 아기를 낳는 것, 도시락을 빠르게 싸는 것, 울다가 금방 웃으며 노래를 부르는 것.

오늘 태양에 검은 점이 생겼네요 / 그것이 내 영혼이에요 / 어제처럼 변하지 않고 오래된 것들뿐이에요 / 그것이 내 영혼이에요 / 높은 나무 꼭대기에 검은 모자가 걸려 있네요 / 그것이 내 영혼이에요 / 깃대에 누더기가 걸려 있고 바람은 그치지 않아요 / 그것이 내 영혼이에요 // 쏟아지는 빗줄기 속에서 줄곧 서 있었어요 / 온 세계가 내 머리 주위를 빙빙 돌고 있어요 / 이 상태를 당신이 끝낼 수 있다고 언제나 희망하고 있어요 / 나는 고통의 왕이 될 운명 // 깎아지른 절벽에서 발견된 화석 / 얼어붙은 폭포 속의 죽은 연어 / 봄의 조수에 해변으로 떠밀려온 푸른 고래 / 거미줄에 걸린 나비
— The Police, 「King Of Pain」 부분

화석이 된 시체, 죽은 연어, 죽은 고래, 죽은 나비. 그게 나예요, 엄마예요, 우리예요. Oh yeh. Oh Lord. 참는 자에게 복이 있나요. 잘 참아서 덕성이 고양되었나요. 잘 참아서 아름다워졌나요. 당신은 아름답지 않아요. 나도 아름답지 않아요. 당신과 나는 품종이 좋지 못한 것이죠. 개량해야 할 때에요. 세계의 모든 생물이 진화해야 할 때, 나와 당신을 제외하고. 세계가 망해도 우리는 남겠죠. 저개발의 기억으로, 저성장의 흔적으로, 영원히 화석이 되어 연료가 되어, 불꽃으로 기억되겠죠. 종種의 냄새가 서서히 기억에서 지워지는 시간 / 내 피의 농담濃淡을 들여다보고 문이라 불리는 모든 것을 열어봅니다. 살부殺父놀이를 하고 있다고 생각합니다.[8] 죽은 당신의 노트에, 40년 전에, 나는 이렇게 적혀 있습니다.

아기와 아빠는 행복하네, 활짝 피어오르네. 아기는 나를 아직 아빠라고

부르지 않네. 아기는 지금도 꿈속을 날아다니네. 포르르 내려 앉은 꽃잎을 보며 나는 웃네, 나는 물러지네, 나는 흘러내리네. 아기는 아버지의 얼굴로 날 보네.

우리는 아주 오래 전에 헤어졌다. 한탄할 것이 많다. 오늘 나는 젖을지도 모른다. 비가 쏟아지기 때문이다. 정오를 넘긴 시간. 아기는 건넌방에 있고, 나는 일기를 쓴다. 적을 찾아내기 위해 나갈 시간이다. 슬픔의 무게를 잴 수 없다. 수서水西에 간다.

나는 아무것도 볼 수가 없어요. 아무것도 보이지 않아요. 당신이 내 눈을 앗아갔어요. 내 왼쪽 눈에 '당' 이, 오른쪽 눈에 '신' 이 새겨져 있어요. 당신이 내 눈알을 파먹을 때, 나는 저항하지 않았어요. 노예는 몸으로 반응합니다. 노예는 주군을 볼 수 없습니다. 노예는 주인의 행복을 위해 온몸을 바쳐야 합니다. 바 쳐 야 합니다. 바쳐 야합니다. 모든 것이 치욕이 되는 순간, 그날 물의 서쪽에서, 당신은 무엇을 생각했나요. 비는 왜 내렸나요. 드문드문 나뭇잎이 남아 있는 그림엽서를 향해 떠오르면 당신의 절규. 길고 오랜 멀미처럼 일주일이 쏟아진다.[9] 피의 비가 쏟아졌다.

내가 바라보기 시작했을 때 / 모든 고통이 지난 후에 / 내 인생의 굴곡은 치유되기 시작했네 / 다시 삶이 질곡에 접어들었을 때 / 고요와 슬픔 속에서 / 한탄의 목소리가 다시 돌아오네
— Ultravox, 「Lament」

이상한 나라의 이상한 그리움 같은 것, 이상한 행복 같은 것, 이상한 증오 같은 것. 전심전력으로 후회하는 것. 온몸으로, 온몸을 사랑하는

---

8) 「사라진 그녀들」 부분.
9) 「근친의 집」 중 '혼종(混種)' 부분.

것. 그것을 생의 수레바퀴라 부를 수 있을까요. 겨울의 지하에서 여름의 지상으로 사랑은 수레처럼[10] 움직이겠지만, 그것은 다만 기억일 뿐. 당신에게, 나는 이렇게 말할 뿐.

아기는 살짝 신 벗어놓고 맨발로 살금살금 나들이 갔습니다. 돌아오지 않을 거예요. 당신 속으로 들어가고 싶었던 것이예요. 나는 모래알이 되었습니다. 흩어질 것입니다. 이것은 꿈이 아닙니다. 당신을 갖고 싶어요. 나는 뭉개진 흙덩이가 될 수 있어요. 우리 사랑을 이뤄요. 이곳을 떠날 수 있습니다. 어둠 밖으로 나가요.

어쩌면 모든 것이 사실이 아닐지도 모른다. 긴 꿈을 꾼 것이다. 여전히 진행중이겠지. 나는 지금도 마멸되는 중이겠지. 그것만이 사실이겠지. 당신이 나에게 사랑이라고 가르쳐준 것이 전부 거짓이겠지. 나 또한 여기에 존재하지 않았던 부스러지는 그리움이 되겠지. 당신이 날 사랑한다면, 당신의 전부를 바쳐라. 사랑해요, 당신, 소나무 향기…… 그리고 건초 더미 같은 햇살 속에서 웃으며, 당신은 가벼워지겠지. 메마르겠지. 불타올라 재가 되겠지.

절망부터 처단하라.

음악은 흐르고, 음악은 영혼의 휴식. 나와 당신. 흘러드는 얼굴은 오로지 하나. 당신.

영원히, 영원히 변하지 않겠지. 이 현실. 나는 늘 어둠이었고, 겨울은 빨리 찾아오고, 기억은 돌이 되고, 오늘은 여전히 우리를 둘러싸는데, 행복은 슬픔이었고 고통은 창조였고, 그 모든 것을 사랑이라 부르던 음악이 저기서 날 바라보네. 하늘, 하늘. 나를 영원히 기다리는 당신. 나는 환상이고, 추악이라네. 이른 새벽 골목에서 짜내듯이 울고 있는 나의 얼굴 속에 당신이 있지. 영원 속으로 당신은 함몰되고 있지. 그때, 그 새벽의 골목에서, 근조등 옆에서, 나는 신발을 잃고 열아홉 살의 얇은 몸들을 생각했다. 나는 악(惡)으로 빚어진 음악을 사랑했었다.[11) 당신은 나를 위해 나에게 모든 것을 던져라.

> 아침이 밝았습니다, 첫날 같은 아침 / 검은 새가 노래합니다, 첫 번째 새처럼 / 노래를 찬양하고, 아침을 찬양하고 / 세계의 신선함을 솟구치게 하는 그들을 찬양합니다
>
> — Cat Stevens, 「Morning Has Broken」 부분

아침입니다. 더 큰 아침입니다. 더 깊어진 아침입니다. 시작하기 전의 이 고요가 좋습니다. 당신이 보이고, 내가 보이기 때문입니다. 앉아서 신문을 보는 저곳의 나. 자꾸 멀어집니다, 작아집니다. 이곳에서 나는 분리된 현실을 봅니다. 뭉개진 어제를 봅니다. 고통의 극한에서 피어오르던 분노를 쳐다봅니다. 그곳의 나가 여기의 나를 찬찬히 바라봅니다. 당신이 내 어깨에 손을 얹습니다. 보이지 않는 이 고요의 무게를 당신 때문에 감지합니다. 당신은 푸른 공을 끌어안고 최초의 파충류처럼 태양에게 말을 걸[12)고 있군요. 모든 폭력의 끝을 어떻게 받아들일 수 있을까요. 오늘은 또 어떻게 나에게 기록될까요. 아침의 침묵은 어떻습니까. 아침의 눈물은 또 어떻습니까. 우리가 사랑했던 그날들은 어디로 사라진 것입니까. 이제 당신과 나는 함께할 것입니다. 지켜드리겠습니다. 날 먹어주세요. 이제부터 나는 잎사귀를 떼고 겨울의 방향으로 10년은 더 걸어야 한다.[13)

---

10) 「변신 이야기」 부분.
11) 「몽구스와 찰리 브라운을 위하여」 부분.
12) 「서적」 부분.
13) 「새를 볼 수 없는 계절」 부분.

네가 원하는 어떤 것, 그 어떤 것, 그 어떤 모든 것을 내게서 가져가

— Jimi Hendrix, 「Little Wing」 부분

이상한 날에 이상한 구름이 나를 스쳐 갔다. 이상한 사랑이 나를 감염시키고, 이상한 현실은 이상한 채로 거기에서 날 기다린다. 나는 결코 빠져나가지 못할 사람처럼 길게 하품한다. 나의 들숨이 당신을 가깝게 한다.

걸어가는 당신의 뒷모습에 나는 눈물 흘리네. 사랑하는 당신이라고 부르고 싶네. 나는 꺼져들어가는 불빛, 함몰된 눈동자, 어둠 뿜는 입이라네. 머리칼, 머리칼 날리며 당신이 거기 서 있네. 왜 오늘이 찾아왔을까요. 왜 당신은 이런 날들을 내게 선사했나요.

시간이 흘러가면, 세월이 젖어버리면, 노래가 작아지면 나는 어떻게 버틸까. 당신의 사랑만으로 움직일 수가 있어요. 당신의 사랑만이 에너지가 될 수 있어요. 당신을 불태울까요. 당신을 섭취할까요. 어떻게 이런 일이, 어떻게 사랑이, 어떻게 오늘이 시작되었을까요. 눈을 뜨고 햇빛을 바라볼 수 있다는 것이 기적이에요. 창밖에서 어둠이 무너지고, 아침이 문을 두드리고, 공기는 차갑고 딱딱하고, 하늘은 말갛게 밝아진다. 오후에 다시 사랑을 나누겠지. 그 오후에,

나는 태어나 오직 버려지기만 기다렸다. 겨울은 전언前言이 없는 계절. 어린 시절 나는 강을 건너면서 물결의 휴식에 대한 이야기를 지어냈었다. 사라진 양들은 단추처럼 구름의 구멍에 잘 채워지고, 유족들만 천막 아래 앉아 눌린 돼지머리를 씹었다. 허망한 문장이 담긴 노트 겉장엔 '멸망의 書' 눈부신 책 이름을 적었다.[14)]

그리고 다시 겨울이 찾아왔으므로, 무연하게도 음악을 스쳐 지났으므

---

14) 「근친의 집」 중 '겨울 음화(陰畵)' 부분.

로, 당신의 시간 속에 내가 있었다는 것을 잘 몰랐으므로, 우리는 치욕을 건너 사랑에 겨우 도달했으므로, 그렇게 조금씩 서로를 섭취했으므로, 우리는 서로를 사랑이라고 말할 수 있겠지요. 나를 사랑한 당신에게 드리는 노래.

I fucking hate you! Mother fucker!

Mother Fucker! I fucking hate you! Fuck You!

You son of a bitch, you fucking ruined my life!

I wanted to die!

I'm sick of it, mother fucker……oh oh

Why do you fucking do it to me?

I Hate You!

I Fucking Hate You!

I Hate You!

Why?!

I Hate You!

— Korn, 「Daddy」 부분

6부 내 삶의 노래와 시

To Sir With Love[1]

버스가 중부고속도로를 달리고 있다. 21시에 버스는 동서울터미널을 떠났다. 버스에는 운전기사를 포함하여 셋. 앞에 앉은 사람은 자고 있는지 아무런 기척도 없다. 흰 와이셔츠를 입은 기사의 희미한 윤곽이 어둠 속에 부표처럼 떠 있다. 안전벨트를 풀고 엉덩이를 의자의 *끄트머리*로 미끄러뜨려 자세를 낮춘다. 허리띠와 단추를 풀고 한숨을 쉰다. 우리 사이에 놓여있는 것은 히터 돌아가는 소리뿐이다. 긴 꿈을 꾸고 있는 것인지도 모른다.[2]

앞자리의 중년은 생각의 줄기를 잘라내려는 듯이 잠꼬대를 한다. 믿어줘, 다시는 안 만난다니까. 잠꼬대에 놀랐는지 기사가 실내등을 켰다. 두 줄 앞에 있는 그에게 다가가 얼굴을 찬찬히 들여다보았다. 이마에 땀이 흘러내리고 있었다. 후사경을 통해 나를 보고 있던 기사에게 손을 들어 별일 아니라는 손짓을 하고 웃어보였다. 자리로 돌아오자 기사는 다

---

1) Lulu가 부른 노래 제목.
2) 나에게 어둠과 침묵과 여행이라는 단어는 Camel의 「Stationary Travellers」로 치환된다.

시 실내등을 껐고 아무 일 없었다는 듯이 어둠이 밀려들었다. 정말 아무 일도 없었고, 때가 되어서, 헤어질 때가 되어서 헤어진 것뿐이고, 갈 길이 다르게 정해져 있었기 때문에 당신과 나는 어쩔 수 없이 헤어졌던 것이다.

비가 온다.3) 나는 당신을 만나 행복했고 기뻤다. 널 내 안에 둔다. 등나무 밑에서 웃으며 말하던 당신.

나는 울 수 있을 것이다. 비가 내 눈물이겠지.4) 당신 때문에 나는 행복했다. 비에 젖은 나무들이 창밖에 서 있다. 당신은 똑바로 누워 가슴에 손을 얹고 잠을 청하고 있을 것이다. 리시버를 귀에 꽂고 라디오를 들으며 잠을 자려고 누워 있을 것이다. 뛰어서 이별의 끝에 다다를 수 있다면.

평동에서 돌아오는 차 안에서 담배를 피웠고 유행가요를 목청껏 불렀고 차창 밖의 사람들에게 손을 흔들었다. 그러면서도 아가씨들의 얇아진 블라우스 소매 끝에서 하늘거리는 봄의 두런거림은 거의 의식하지 못했다. 은사시나무의 꽃가루가 오월의 바람에 눈처럼 휘날릴 때 겨울의 추위를, 얼어붙은 보름달을 기억했다. 그렇게 나는 지나왔고 이곳엔 봄이 왔고, 지금은 오월이다. 당신의 뒷모습을 보며 나는 행복했다.

비가 내린다.5)

창 너머에 장미가 있다. 나는 빛나는 장미를 얻었다. 장미 문신을 했다.6)

달리기하는 당신.

당신은 차도를 따라 달리기를 한다. 전력 질주하다가 걷고 다시 뛰고

---

3) X Japan의 「Endless Rain」이 가득 차오른다. 세상의 끝으로 가서, 술을 마신 후, 뛰어내리리라.

4) 여기서 Demis Roussos의 목소리가 들려야 한다. 「Rain & Tears」가 흐른다면 모든 사랑의 폐기를 경험할 것 같다.

5) Electric Light Orchestra의 「Rain Is Falling」을 틀어주세요.

6) Sade의 「No Ordinary Love」라면 지복을 선사하겠지. 지금은 Chino Moreno의 목소리로 들어야 해. 바늘에 꿰인 명주실 같은 목소리. 허공에서 떨다가 스스로 균열이 되는 그 목소리여야 해.

농구장 옆 벤치에 앉아 쉰다. 체육관을 돌아 아카시아와 플라타너스 가로수 길을 달리고 운전실습장 옆을 달린다. 당신은 버드나무 앞에서 숨을 돌리고 다시 뛰기 시작한다. 땀에 젖은 당신이 잔디밭에 벌렁 드러눕는다. 나는 당신이 가끔 국기 게양대 꼭대기까지 잎을 뻗은 버드나무 밑에서 운다는 것을 알고 있다. 달릴 때마다 속도의 한계를 벗어나서 삶의 울타리 밖으로 달아나는 당신을 본다. 모든 결박의 풀어짐을 느낀다. 그리움과 원망의 무게에서 벗어나 자유의 몸짓으로 날아오르는 도약을 보는 것 같다. 내 몸마저 뜨거워지는 것을 어쩔 수가 없는 것이다. 달리기를 끝마치고 돌아오는 당신과 마주쳤을 때, 일 미터 이상 떨어져 있는 거리였지만 나는 당신이 증발되고 있다는 것을 알고 있었다. 당신의 몸을 빠져나온 냄새, 사라지고 싶어 하는 당신이 휘발되는 냄새라는 것을 알 수 있었다.[7] 바람에게 먹힌 것, 지나온 거리에 당신이 몸을 내어준 것, 길과 바람이 당신을 조금 물어뜯은 것, 조금 비워낸 것, 조금 더 가벼워진 것. 허공의 한 점으로 맹렬하게 빨려 들어가는 당신을 보았다. 푸르게 물결치며 서서히 젖어드는 하늘을 보았다. 울음이 나왔다. 한 사람의 사랑이 나를 치유하고 회복시킬 수 있다는 것을 믿을 수 없었다.

어둠 속에 점점이 산재해 있는 불빛을 본다.[8] 모퉁이를 돌아 불빛으로 다가간다. 유리창 너머, 당신이 벡스 다크를 마시고 있다.[9]

당신과 함께 걸었던 어두운 산길에서 나는 한 마디도 말할 수 없었다. 가물거리는 뒷모습을 다지고 굳혀 가슴 안에 불을 만들었다. 저 어둠 속으로 꽃등 켜들고 뛰어가는 나를 본다.

나는 당신에게 보낼 편지를 쓴다. 비가 거세지고 있다. 바람이 창을 흔들고 있다.

---

7) 다시 Demis Roussos의 「Un coeur qui bat pour toi」가 필요하다.
8) King Crimson의 「Construcktion Of Light」가 우리를 빛에 가둔다.
9) 당신과 '아라' 에서 술을 마실 때, 셀 수 없이 반복되던 노래, Eric Clapton의 「Bad Love」.

나는 지금 혼자다. 내가 혼자라는 것이, 당신과 내가 그 이후로 한 번도 만나지 못했다는 것이 실감나지 않는다. 시간과 공간이 뒤엉켜 모든 인과관계가 무너진 비현실의 세계에 와 있는 것 같다. 불안이 가속도를 더해 가며 돌진해오고 있었다. 끝없이 내게 다가오는 일렬종대의 난민들을 보았다. 너 없이 나 어떻게 살 수 있을까. 당신은 분명 내게 그렇게 말했다. 지나는 바람 붙잡아 내 신열을 식히고 싶다.[10]

쟈끄와 엔조는 물속에서 가장 행복해했고 결국 물속에서 죽었다.[11] 그들은 물속에서, 죽어서 영원한 만남을 이룬 것이다. 나는 그 푸른 바다를 보며 절망했다. 모든 존재를 삼켜버리는 망망한 대양 앞에서 난 두려워했다. 파란색 점이 될 때까지 심해로 빠져 들어가는 쟈끄의 모습을 보고 나는 그가 바다가 아닌 하늘로 내려가고 있다고 생각했다. 모두가 돌아가야 하는 곳이 마치 그곳이라도 되는 것처럼, 아무 두려움도 없이 쟈끄는 떠난 것이다.[12]

나는 파란 어둠을 다시 본 것 같다. 모든 것을 흡입하는 어둠이 거기 있었다. 당신이 길을 건너 음반가게로 들어갔다. 당신은 비를 맞으며 길을 가로지른 것, 차도의 물기 위로 당신의 그림자가 길게 보였던 것, 음반가게의 유리문을 열고 당신이 가게 안으로 들어선 것. 주인과 웃으며 이야기하던 당신의 모습.[13] 모두가 현실이 아닌 것 같았다. 파란 어둠 속에서 당신이 걸어 나온다. 안락사에 대해 생각한다. 모로 누워 천산갑처럼 웅크린 채 잠들어 있는 당신을 보았다.

모든 것이 선연하다. 어느 것이 고통이고 어느 것이 기쁨인지 구별하기 힘들다. 그때 모든 것이 사랑이었다.[14] 그때 나는 두려웠으나, 그 두

---

10) 당신은 울지 않을 것이다. 천천히 정화될 것이다. 나 역시 그럴 것이다. 우리는 서로를 탐닉하니까.

11) Luc Besson, 『Le Grand Bleu』

12) Barclay James Harvest, 「Play To The World」. Les Holroyd의 가녀린 고음이 우리를 깃털처럼 부상시키리라.

13) 그때, 흘러나오던 노래. Abba, 「Lay Your Love On Me」

14) Eurythmics의 「The Miracle Of Love」가 들려온다.

러움의 실체를 모르고 있었다. 지금 그 어디에도 당신의 흔적이 남아있지 않다. 내게 아버지를 이제 놓아드리라고 했던 당신. 어쩌면 당신과 나는 태어나기 이전부터 만난 것일지도 모르지만, 매일 얼굴을 부벼대고 있었지만, 단 한 번도 만난 적이 없었는지도 모른다.[15]

두 잠수부들은 심해의 바닥에서 거대한 파랑의 한 부분이 되었을 것이다. 당신에게 전하지 못한 편지를 안주머니에 넣는다. 버스에서 내리면 이 차에 탄 우리 셋은 다시는 만나지 않을 것이다.

그리고, 당신에게 Huun Huur Tu의 「Song Of A Lonely Man」을……

---

15) 마지막이 다가오고 있다. 들리는 백뮤직은 Moody Blues의 「Nice To Be Here」이다. 당신은 언젠가 무디 블루스의 「The Day We Meet Again」을 들었다. 깊은 사랑에 빠졌을 때, 그 모든 존재들은 침묵 속에서 불빛처럼 피어오른다.

지음知音

음악이 없으면 어떻게 살 수 있단 말입니까.
다시 돌아와 당신을 불러봅니다.

가을이 속절없이 사라진다. 가을이 비에 녹아내린다. 가을에 당신이
듣는 노래. 멜로트론 선율이 쏟아진다. 끝을 알 수 없다. 팽창하고 하강
한다. 선율은 수평으로 확장된다. 당신을 싣고 대양을 향해 달려간다.

가을이 다가왔어요
안개는 하루종일 낮게 드리우고
작은 철새는 날개를 모으고
긴 비행을 준비하네요

초록 사이 갈색
그 나무들이 보이기 시작하네요

당신과 내가 목격했던

기억 속으로 돌아갑니다

—Strawbs, 「Autumn」 부분

당신과 나의 추억은 어디에 있나요? 우리의 행복했던 그날들로 돌아갑니다.

종로구청 앞에 '지음'이 있었습니다. 올드 뮤직 가득한 지하의 맥주집. 테이블은 대여섯 개, 빼곡한 엘피와 시디, 천장과 벽을 채운 엘피 껍데기. 술을 마시는 사람들이 보입니다. 탁자 위의 맥주병, 담배 연기 그리고 음악, 음악. 노래, 노래. 우리는 술을 마시기 위해 입장합니다. 술을 마시며 노래를 듣기 위해 이곳에 들어왔습니다. 메모지에 볼펜. 서로 쪽지를 돌려가며 생각나는 노래를 적습니다.

이곳을 찾은 사람은 J, 은, 돌. 우리들의 이름은 광물. 오늘은 광물성 음악을 들었으면 좋겠다. 아주 많이 취하고 싶기 때문이다. 돌이 적은 노래는 「가을」. J는 「서른 즈음에」, 은은 메탈리카. 가수와 노래 제목이 적힌 종이를 쳐다보고 우리는 키킥 웃는다. 얼씨구, 아주 음산하고 저조한 블랙 송으로 점철되었구만. 흥, 누구 노래 짤리나 보자. 아무렴 메탈리카다. 이곳에서 헤비메탈을 틀어줄 리 없다. 그것도 최신판은 절대적 금기. 은이는 메탈리카의 『Death Magnetic』에 열광하고 있다. 메일로 알려오고, 엠피 쓰리 파일을 보낸다. 컬러링까지 준비해두었다. 야, 은아 메탈은 안된다니까. 아마 「Enter Sandman」은 될지도 몰라, 「One」도 가능하겠지, 그러나 무리야, 무리, 무리데쓰네. 은이는 그냥 찔러본단다. 그냥 찌르면 풍선처럼 꺼질지도 몰라, 푹. 나는 바람 빠진 풍선이 되고 있는 중이야. 이 녀석 요즘 저기압이다. 완죤 얼굴 구기고 다닌다. 관 속에 드러누운 자의 표정이다. 쯔쯧, 뭐야, 이게. 얌마 면상 정리좀 해, 가을이니까 구기고 다녀도 되는 거냐. 텔레비전 광고에 뜬 메탈리카 신보. 그들은 힘차고, 그들의 음악은 빠르다. 제왕의 귀환이라고 뜬 카피가 틀린 말은 아니었다.

시디 플레이어를 켜자 메탈리카의 포격이 시작됐다. 차는 내부순환도로를 지나가는 중. 홍지문 터널, 정릉터널, 체증, 체증. 메탈리카처럼 달려보자, 어서 가자. 새 앨범의 4번 트랙 「The Day That Never Comes」. 메탈리카의 네 번째 앨범, 네 번째 트랙 「One」과 비슷한 느낌. 발라드 도입부. 점점 빨라진다. 부서지기 시작한다. 극한을 향해 드럼과 베이스가 작렬한다. 아후, 심장이 터질 것 같아. 이 비트는 쪼개지는 햇빛을 닮았군. 은이는 옆에서 머리를 흔들어댄다. 당신이 부서지기 전에, 당신이 가루가 되기 전에, 이 음악을 통과하라. 은이는 흐느끼듯이 노래를 따라한다.

Love is a four letter word / And never spoken here / Love is a four letter word / Here in the prison / I suffer this no longer

네 글자 사랑은 이곳에서 말해진 적 없다. 사랑이라는 감옥에 갇힌 자처럼 은이는 노래한다. 악기들의 절규와 파열을 목격한다. 사랑 때문에 찢어진 자들, 사랑 때문에 녹아내린 자들에게 그날은 절대로 다시 돌아오지 않는다. 당신의 사랑은 끝났다. 사랑은 돌아오지 않는다. 사랑 때문에 목 매달린 자들을 위한 금속의 울부짖음. 은이는 터널 속의 정체를 뚫고 '은하철도 999' 처럼 날아오르고 있었다. 기차가 어둠을 헤치고 은하수를 향해…… 신나게 달려라 은하철도 구구구, 구구구 사랑 없어 나는 운다,[16] 젖는다……

---

16) 비둘기가 슬피 운다. 페드로 알모도바르의 영화 『그녀에게』에 실린 Caetano Veloso의 노래 「Cucurrucucu Paloma」를 당신은 아시는지. 사랑을 잃어버렸을 때, 비둘기처럼 울며, 이 노래를 들어보세요. 마음껏 울어도 좋습니다. 이별 후의 이별 때문에 나와 당신 모두 비둘기가 되었습니다, 날개 찢어진 채.

넉넉한 표정의 사장이 메탈리카는 없다고 한다. 역시, 역시. J가 은에게 술을 권한다. 거품처럼 김광석의 목소리가 떠오른다. 서른 즈음에 우리는 무얼 했나. 꺾어지고 있었지. 자살한 가수의 잿빛 목소리가 좁은 실내를 가득 채운다. 오로라처럼 퍼져 나가는 멜랑콜리. 이곳 주인은 손님들을 술 마시게 한다. 장사 수완이 좋다. 우리는 기꺼이 속아주기로 한다. 원샷, 투샷. 술이 술을 빨아들인다. 김광석의 목소리는 알콜솜 같다. 우리는 입을 맞춰 노래를 따라 부른다.

점점 더 멀어져 간다 / 머물러 있는 청춘일 줄 알았는데 / 비어가는 내 가슴 속엔 / 더 아무것도 찾을 수 없네 / 계절은 다시 돌아오지만 / 떠나간 내 사랑은 어디에 / 내가 떠나 보낸 것도 아닌데 / 내가 떠나 온 것도 아닌데 / 조금씩 잊혀져 간다 / 머물러 있는 사랑인 줄 알았는데 / 또 하루 멀어져 간다 / 매일 이별하며 살고 있구나

—「서른 즈음에」 부분

시도 아닌 것이 시보다 좋다. 아니 이것이 시일지도 모른다. 죽은 그는 음유시인이었다. 절망하여 꺾인 자의 목소리로 가녀리게 떨고 있다. 우리 "매일 이별하며 살고 있"다. 그렇게 서서히 죽어간다. 사랑이 없어 죽어간다. 은이가 갑자기 훌쩍거린다. 지랄~. 술잔을 채워준다. 이별 때문에 갈대처럼 야위고 있었구나. 수척한 물살처럼 눈물이 볼을 타고 흐른다. 이곳에서는 울음이 낯설지 않다. 무엇인가를 잃어버린 표정으로 노래에 잠수한 사람들, 노래에 참수당한 사람들이 모여드는 곳이기 때문이다. 은이의 눈물을 닦아줄 수 있는 다른 노래, 다른 노래가 필요하다. 은이를 구원해주세요. J가 Jeff Buckley의 「Hallelujah」를 신청했다. 제프의 목소리를 들으면 분위기가 너무 다운된다고, J의 신청곡도 잘리고 말았다. 와이셔츠 넷이 종이를 주인에게 건넨다. 우리를 구원해주겠다는

의도인 듯하다. 그들이 환호성을 지른다. 그들이 합창한다. 웃음 띤 그들의 얼굴이 꼭 두부 같다. 그들은 지금 행복하다. 노래가 그들을 부풀린다. Smokie가 노래하고, 그들이 노래하고, 우리는 「Living Next Door To Alice」 합창을 듣는다. 즐거운 마흔, 유쾌한 음주, 상큼한 추억.

　당신, 오늘밤 지음에 가면, 술과 한 시절의 추억을 곱씹게 됩니다. 낡은 음악들 속에서 당신을 만나고 싶습니다. 우리의 사랑은 그렇게 꺼져 갔고, 우리의 사랑은 그렇게 날름거리는 촛불 앞에서 흔들렸습니다. 당신은 아직 그곳에 당도하지 못했습니다. 지하 계단을 천천히 내려갑니다. 두꺼운 음악의 벽장이 열립니다. 오늘밤은 당신을 위한 밤이에요. 지음에서 술을 마시면서 당신과 데이트하려고 합니다. 종로구청 앞에서 만나요. 오늘 나는 당신과 이 노래를 함께 들을 것입니다. 어서 오세요.

　당신은 무엇인가가 생길 것이라고 생각해요 / 그것은 당신의 인생보다 더 큰 것 / 그것은 단지 당신이 듣는 것일 뿐 / 당신은 기억할 것인가요 / 아침 햇빛이 비출 때에도 / 음악은 끝없이 계속될까요
　　　　　　　　　　　　　　　　　　— Kansas, 「Play The Game Tonight」 부분

은銀의 모래를 지나

　　버스를 타기도 전에 바이바이하는 아기. 즐겁게 놀 일이 기대되는 모양이다. 아기는 벌써 이별에 익숙하다. 나는 아직도 애련에 안달한다. 그 살이 나와 비슷하다. 내가 그 속에 들어 있다. 아기가 나를 절반으로 가른다. 나에게 자격이 있을까. 아기가 웃는다. 방긋 피어난다. 나는 날아오르다가 수직으로 추락한다. 머리가 땅에 충돌. 깨끗하게 터져나간 나의 오전. 아기가 바람개비처럼 손을 흔들었다. 나는 차창에 비친 웃는 얼굴로 운다. 그럴듯한 감상에 젖어 돌아선다. 아기가 휘발했다. 돌아오지 않을 것 같다. 꽃 속으로 들어가서 아기는 검은 씨앗이 되었나보다. 툭 뱉어내자 형체도 없이 용해된다. 내 머리를 뚫고 한 잎 솟아난다. 나는 아기 같은 잎새가 되어 하늘을 바라본다. 빙 빙 빙. 구름을 뜯어 덮는다. 엄마의 젖을 물고 잠에 빠진 아기. 녹아내리는 엄마. 아기는 엄마를 빨아 마신다. 엄마는 아기의 몸과 마음을 만들기 위해 물이 되어 흘러간다. 입을 벌린다.

어린아이와 어른의 영혼을 합친 것처럼

검게 검게 빛났다
— 조용미, 「기억할 만한 어둠」 부분(『나의 별서에 핀 앵두나무는』)

창밖, 인부들이 작업중이다. 인부와 나 사이에 유리창. 봄의 구름은 얼마나 무거울까. 무게는 증발되기 쉽다는 증표. 한 사람이 들어오고, 다른 한 사람이 나간다. 내 영역에 입장하는 다른 언어들. 참새들이 날아다닌다.

아기의 작은 빠이빠이. 아기는 콜록거리며, 멀어진다. 아기의 숨결을 느낄 때마다, 웅크리고 잠자는 아기의 온몸을 볼 때마다, 견딜 수 없는 절망에 사로잡힌다. 막 말을 배우며 세계를 이해하기 시작한 아기를 위해 할 수 있는 일은, 절망적이게도, 거의 없다. 아버지로서, 보호자로서, 첫 연인으로서 아기를 바라본다.

그리하여 밤마다 나의 여자는 내 몸의 오목한 품에 안겨 잠들리라. 왜냐하면 세상에는 인간의 육체가 고독을 견디지 못하여 슬픔으로 죽어버릴 위험이 있는 어두운 시간들이 있기 때문이다.

이리하여 나의 여자는 내게 찾아와서 어항 속에 든 물고기처럼, 화분 속에 심겨진 튤립처럼, 내 삶 속에 자리잡고 나의 삶을 살리라. 그리고 나의 삶은 풍성하고 비옥하므로 나의 여자의 아름다움과 정신과 지혜는 끊임없이 성장할 것이다. 그리하여 나의 삶은 그녀가 가져다주는 그 과일에 황홀해하면서 이어지리라. 처음에는 나의 젊고 힘찬 손이 그의 부드럽고 통통한 어깨를 붙잡아주며 인도해주었다. 끝에는 메마르고 얼룩진 내 손이 그녀의 단단하고 둥근 어깨에 기대어 의지하리라.
— Michel Tournier, 「언젠가, 어떤 여자를」 부분(『짧은 글 긴 침묵』)

아기에게 남자는 아빠뿐이다. 아기는 모든 것을 빨아들일 듯이 뛰어간다. 내 앞에서 나를 인도한다. 아기는 아직 중독을 모른다. 아기는 아무것도 잊지 않는다. 아기가 뒤돌아본다. 나를 기다린다. 아기는 아직 나를 잊지 않았다. 나는 나의 뒤를 알지 못한다. 나는 나의 앞을 쳐다보지 않는다. 내 시선을 빨아들이는 아기.

아기는, 이루어지지 않으면, 뒹군다. 그 모습조차도 사랑스럽다. 아기이기 때문에, 나에게 마음껏 요구한다. 울어도 좋다. 내 여인은 그렇게 나를 지배한다. 군림해도 아기는 평화롭다. 모든 것을 드러내고 웃는다. 나는 따라서 웃는다. 꽃보다 작게 움츠린다. 아기와 눈을 맞추고, 말을 건다. 아기는 나를 따라 길을 나선 셈이다.

꽃보라 가듯이, 아기에게 당도한다. 잊혀지기 전에, 꽃잎 떨어지기 전에. 내가 가진 동력은 많지 않다. 나는 방전되는 중이다. 아기가 운다. 눈물을 흘린다. 뺨을 어루만진다. 눈물을 닦아준다. 아기에게는 이유가 없다. 등을 토닥이며 귀에 대고 작게 얘기한다. 아가, 아가, 아빠야. 조금 웃다가, 울다가, 웃는다. 아기는 벌어진다. 쌔근거린다. 귀를 만지작거리자 환하게 웃는다. 아빠, 아빠.

오늘 나는 울어야 했습니다
나는 너의 흔적을 보았고 그곳에서 너를 그리워했는데
— Blind Faith, 「Had To Cry Today」 부분

쾌락을 위해서 이론이 필요하다

어떤 음악을 들을 수 있겠는가, 네가 물었다. 어떤 음악이 살과 뼈를 분리시킬 수 있는가, 네가 다시 나에게 물었다. 나는 아직 음악을 들은 적이 없다고 말했다. 음악이 거기에 있었다. 나는 음악을 발견하지 않으려 했고, 음악은 서서히 그곳에서 나를 기다리며 건조해지고 있었다. 있었다, 네가, 기타를 뜯으면서, 중산간까지 밀려온 바다 안개를 두른 채, 순수한 음을 언어로 바꾸고 있었다. 네가 눈을 돌린다. 설핏 새의 그림자가 지나갔다. 'ㅅ'처럼 입이 모아진다. 눈이 가늘어진다. 저 먼 산에서 소리가 내려온다. 새가 흔들린다. '새'라는 단어 속에는 바람이 들어 있다. 너의 기타는 새의 날갯짓.

Jason Becker의 「Altitudes」를 들으면서, 춘분을 지난 오후의 해를 쳐다보면서, 선글라스 안의 그림자를 뜯어내면서, 황도 12궁의 배열 순서를 외우면서 나는 철새의 발끝에 묻은 겨울 한 자락을 스케치하려고 했다. 석모도의 밤에 비가 내렸다. 바다는 살짝 입술을 내밀었다. 부서지는 광선이 등에 박힌다. 필요한 것은 약이다. 나는 깊게 중독되었다, 당신에게. 때문에, 당신을 잘 잊는다, 잘 지운다. 내 소원은 이별. 당신이 흘러든다.

염장된 얼굴. 한 발 더 당신에게 다가가고 싶다. 그런데 당신의 실체가 없다. 당신의 음악을 모른다. 얼굴을 본 적조차 없다. 어둠 속에서 내 입술을 두드리던 기타의 감촉. 어둠의 끝에는 눈물이 맺혀 있었던 듯하다. 석모도의 염전에서, 바람 속에서 고개를 세우려는 억새 옆에서, 무진장 쏟아지는 햇빛과 압축된 바람과 주저앉는 어둠 앞에서, 나는 조금 더 울고 싶었다.

> 지금껏 살아온 내 인생을 들여다봅니다 / 당신을 사랑하는 일이 전부였어요 / 당신 때문에 지옥에도 가봤지만, 살아오고 사랑하고 상실했지만, 당신은 이 세상의 전부를 가져도 좋아요 / 당신이 바로 내 모든 것이니까요 / 내 얼굴에 새겨진 말을 읽어보세요 / 당신을 사랑합니다
>
> — Bon Jovi, 「All About Loving You」 부분

당신을 잊기 위해 약이라도 먹고 싶어요. 일주일 동안 잠자고 싶어요. 눈보라가 몰아쳐 나를 지웠으면 좋겠어요. 잊을 수만 있다면, 전기고문이라도 받겠어요. 이렇게 우아한 세계에서, 이렇게 눈부신 세계에서, 나는 당신을 잊기 위해 살고 있습니다. 지옥에나 떨어져버려요. 포탄이 비처럼 쏟아지는 이 언덕에서, 햇빛 속에서, 나를 구원해달라고 말하지 않겠어요. 그냥, 산산히 파열되겠어요. 잊지 못하는 고통이 있어요. 밤마다 침대에서 당신의 시린 살냄새를 떠올리느니, 공중폭발한 포탄의 파편에 갈갈이 찢어지는 편이 나아요. 그러나, 마침내 당신이 다시 찾아왔을 때

당신의 노래는 온 세상에 울려퍼지겠지요 / 큰 소리로 불러요. 내가 들

을 수 있게 / 내가 당신 곁에 더 쉽게 다가설 수 있게 / 당신을 사랑할 수 있
게 한 / 당신의 모든 것들

— Beatles, 「I Will」 부분

나는 당신이었지만, 당신 속에서 나는 한번도 살아 있었던 적이 없다.
나는 당신의 살점이었지만, 발라진 후, 나는 당신이었던 나에 대한 그 어
떤 기억도 갖고 있지 않다. 나는 당신의 세포였지만, 당신의 몸이었던 적
이 없다. 내 유일한 사랑은 당신을 살아 있게 하는 것. 내가 당신의 일부
였고, 당신을 구성했다는 것, 그것이 기적이다.

멘델레예프의 주기율표처럼 질서를 창조하는 그런 음악이 있다면, 있
다면, 시가 완성되리라. 정직한 절망도 모르면서 어떻게 연주를 할 수 있
단 말인가. 무너지기를 반복할 것이라고 말했다. 그날부터 나는 모든
'너'를 '당신'으로 치환했다. 그때부터 나는 살아 있는 모든 당신들을
유일한 당신으로 압축했다. 음악이 흘러들었다. 불가능의 얼굴과 당신
의 귀면鬼面을 일치시켰다. 내 얼굴의 윤곽을 뭉개려고 노력했다. 어느
날 얼굴에서 새로 음악이 돋아날 것을 믿었다. 갯벌은 태양을 회색으로
물들인다.

다른 물이 나에게 스며든다. 모든 존재들은 섞여 있다. 원자의 세계,
미립자의 세계에서 나와 당신은 하나이다. 공유하는 입자들. 우리는 윤
회의 존재이고, 우리는 이미 모든 존재 속 하나의 존재이자 다른 존재.
당신의 물, 나의 물. 내 입에서 나간 이산화탄소와 당신이 만들어낸 언어
는 물질 순환계의 일부분, 나와 당신은 우주적 존재의 동시성에 물들어
나부끼리라. 생명은 유한하고, 사랑은 영원하고, 물질은 우리를 결속시
키리라.

죽음은 죽음일 뿐. 죽음은 다른 죽음을 기다릴 뿐. 생명은 생명으로 흘
러들고, 죽음은 생명에 먹히고 마는 봄의 합창을 들으며 즐겁게 약을 먹

어요. 기다리지 않아요. 깨끗하게 몸을 닦고, 순결하게 몸을 소독하고, 주인이 먹여주기 전에, 파블로프의 개처럼, 질질 녹아내리며, 약을 쥐요, 약을 쥐요…… 잊기 위해서일 뿐.

잊기 위해 석모도에 왔다. 애초에 당신은 존재하지 않았다. 약과 액이 필요하다. 아주 즐겁게, 당신은, 아주 즐겁게 잊혀지는 존재. 당신은 복구될 수 없는 사람.

잃어버린 것이 없는데도 몸의 절반이 흘러내린 것 같다. 갯벌의 석양에 나는 묻혔다. 적색 밖으로 나가고 싶다. 당신이 나를 그림자 밖으로 밀어낸다. 나는 꽃을 움켜쥐고, 육체를 부여잡고 빈다. 몸이 비어간다. 가지고 있는 것이 없다. 두 육체의 부둥킴, 갯벌에서. 나는 왜 이곳에서 곤혹에 젖어 눈도 뜨지 못하는가. 당신 때문이다. 당신이라는 추상 때문이다.

내가 기록한 것은 나의 육체. 내가 기록해야 하는 것은 봄 석양의 육체. 바스라질 것 같은 당신의 그림자. 나는 지금 당신을 구성하기 위해 환상으로 진입한다. 내가 걸어온 길을 지운다. 압력의 극점에서, 운동성을 상실하고, 중력이 해체되고, 변성된 당신의 입술을 바라본다. 우리의 키스. 분쇄 공정.

그날 나는 부재자증명에 전력했다. 당신은 그곳에서 무엇을 하고 있었나. 당신은 그때 웃고 있었을까. 강판에 배를 갈아버리듯, 세월이 내 얼굴을 뭉갠다. 눅눅하다. 소녀의 얼굴로 붉은 웃음을 당신의 면전에 내려놓는다. 비가 내릴까. 회색 하늘 아래. 친구와 걷기에 좋은 날이다. 좋은 친구들, 바람, 꽃, 잿빛 구름 그리고 아무것도 가진 것 없으나, 쏟아낼 모든 것을, 추출해낼 전부를, 내가 가진 것이 무엇인지를 확인하기 위해, 내 육체의 파탄을 염원하듯, 기계가 되어, 기계의 몸짓으로, 자동적으로, 동력도 없이 나는 쓴다. 쓰기 위해 듣는다. 열리기 위해 음악으로 들어간다. 음악이 나를 받아들인다.

　세계를 향해 외친다. 나를 뜯어먹은 자들을 향해 가래를 뱉는다. 기침
때문에 나는 쪼개진다. 녹아내린다. 징그럽게 흘러내린다. 꽃잎이 떨어
진다. 시멘트 바닥 위의 벚꽃잎 몇. 내 위에, 내 배 위에 떠 있는 꽃잎들.
천천히 움츠러든다.

　　　흐르는 물살 위에서 핀 흰 꽃들
　　　조그맣고 하얀 半夏生 꽃들.
　　　물살이 꽃을 가꾸고
　　　물길을 가꾸고 있다.
　　　내가 물길을 타고 떠내려간다.
　　　물 위에 사는
　　　흐르는 물살,
　　　떠내려가며
　　　물들의 뿌리에 걸려 넘어지기도 하며
　　　떠내려가며,
　　　온 산 산새소리 다 합해놓은
　　　저 밖의 시끄러움 夏至까지 따라가다가
　　　환한 귀로 내다본다.
　　　흐르는 물살 위에서 홀로 핀 흰 꽃들
　　　흰 꽃들이
　　　조금 열어놓은
　　　안의 부산스러움.

—조정권, 「半夏生」 부분

　꽃잎, 살점, 입술, 혓바닥, 언어들. 눈송이가 휘날렸다. 함박눈이 내리

던 날, 화이트 노이즈, 지워지던 날. 당신은 잿빛 안개, 스며드는 고통이 되어 분산되기를 멈추지 않았다. 이쪽과 저쪽, 그날과 오늘. 우리는 울기 위해 사력을 다했다. 울면서 동결되었다. 눈물 기둥이 되었다. 처형대는 붐비지 않았다. 봄은 그날부터 사라졌다. 대지의 아가리에 사람들이 뛰어들었다. 음악이 그때 시작되었다. 황망하게도 당신은 그때 사라졌다. 선혈이 솟는다. 음악은 액체, 음악은 시간. 피가 먹어치운 비명. 나는 음악의 얼굴에 침을 바른다. 당신의 얼굴에 주먹을 날린다. 음악의 절망은 아름답지 않다. 당신이 절망이라면 기꺼이 춤을 출 것이다.

당신의 신에 피가 묻어 있어요 / 당신이 말한 모든 것들에는 피 / 당신이 떠난다 해도 나는 당신을 증오하지 않을 거예요 / 우리의 손에는 다시 피가 묻었어요

—Death From Above 1979, 「Blood On Our Hands」 부분

유리창이 열린다. 대기가 흔들린다. 저 꼭대기, 저 냉철한 분할의 극점에서 명사 '당신'이 창처럼 솟아올랐다. 당신이 발화되는 순간, 시간과 공간이 왜곡된다. 당신이 세계를 변형시킨다. 이곳은 당신이 없는 곳, 이곳은 당신이 세계를 지배하는 곳. 이곳의 창시자, 이곳의 거주자, 이곳의 노예인 나는 지금 당신을 기술하기 위해 격노한 영혼으로 눈을 감는다. 당신을 발화하는 순간, 나는 사라진다.

두 궤도 사이를 움직이는 전자는 한 궤도에서 사라지는 바로 그 순간에 다른 궤도에서 나타나게 되지만, 그 사이의 공간은 절대로 지날 수가 없다.

—Bill Bryson, 「위대한 원자」 부분(『거의 모든 것의 역사』)

이별은 연습이고, 이별은 반복이고, 이별은 부활이다. 이별 후의 이별

이 필요하다. 당신과 이별하기 위해, 이곳까지, 이 시간까지 세상은 찢어지기를 반복했다. 이별은 균열이 아니다. 이별은 고통도 아니다. 이별은 양자 점프이다. 이별은 당신을 당신이게 만드는 절대조건이다. 당신은 처음부터 이별이었다. 촛불도 없이 밤이 밝아질 수 있었던 것도 이별이 몸에 지핀 불꽃 때문이었다. 나는 열 없는 불꽃이다. 당신이 떠날 때 내 구두를 신는다면

> 내 구두를 신는다면 / 내 구두를 신는다면 / 당신은 내 발자국 위에서 비틀거릴 거예요 / (……) / 당신이 내 구두를 신는다면 / 당신이 내 구두를 신는다면
>
> — Depeche Mode, 「Walking In My Shoes」 부분

당신이 내 구두를 신고 간다면, 당신은 열 발자국만에 넘어질 것이다. 용서만이 나의 몸을 만지며 말하네. 사랑은 뒤돌아서 멀어질 때 다시 시작될 것이라고. 운명을 빠져나간 이 사랑을 말하기란 쉽다네. 내가 증명할 수 있는 것은 나의 고요뿐. 당신이 돌아올 것이라는 약속만 내 귀에 약솜처럼 뭉쳐져 있네. 용서와 포기는 같은 말. 어떤 결론도 마찬가지. 당신이 내 구두를 신고 떠난다면, 당신은 다시는 돌아오지 않을 것이라네.

> 당신은 나를 사랑했으나
> 당신은 그 사랑을 시험했고
> 그 후 사랑은 더욱 깊어졌으나
> 그 사랑 진실되지 않다네
> 사랑의 이름으로 당신은 나를 배신했고
> 사랑의 이름으로 당신은 나를 이용했고

사랑은 다시 나를 소모시키기 위해 긴 칼을 준비한다네

찔린 후에야 나는 경건해졌네 베인 후에야 나는 고통을 확인했네

다짐을 해도 나는 사랑에 속고 말아

다시 사랑하기 위해 헌사를 준비한다네

사랑은 때로 공포여서 사랑은 몸 밖에서 이루어지는 말씀의 영역이어서 사랑은 나를 제련시키지 못한다네, 나의 사랑은 오로지 당신의 몸이 단련시킬 뿐인데 당신은 지금 몸 아닌 칼로 들어오고 나는 피도 흘리지 못하고 당신의 칼을 품고 사네, 내 몸은 아직 투명해지지 않았고 나는 아직 통증도 모르지만 당신의 환한 얼굴을 그리며 견디고 기다린다네.

베어진 침묵과 피의 불꽃 같은 멜로디

포스트잇

모든 것이 취소 가능하다. 내 언어는 아직 전달되지 않았다. 모든 것이 취소될 수 있다. 죽음마저도, 반복되는 죽음마저도, 더 이상 어두워질 수 없는 영혼마저도.[17]

해부학

텅 비었어. 네가 담배를 물고 내 가슴에 앉아 있을 때, 구멍 난 지붕, 밤 하늘의 항문 사이로 별이 보였어. 내 몸에 남겨진 발자국, 온몸의 무게를 한 자리에 새겨놓은, 서리 위 너의 발자국은 따스한데, 딱딱하게 얼어붙은, 목에 걸린 뼈 같은 이것은 무엇인지.

하얀 엉덩이와 바짝 오그라든 네 추억이 보고 싶어. 이제 아무런 신비도 없어. 언제나 문이 열려 있기 때문이야.[18]

---

17) Pantera, 「I'm Broken」.
18) Genesis, 「The Knife」.

붉은 신호등

보도의 틈새에서 노란 새들이 날아올라 나무로 돌아간다. 튀어오르는, 한꺼번에 왼쪽으로 고개를 돌리는, 귀환하는 노란 새들의 비행. 그여자 견딜 수 없다. 빗자루 들고서 총검술한다. 막고 차고 돌려쳐. 여자의 웃음 이파리 되어 돋아난다. 그 여자 어깨 위에 새들이 내려앉는다. 착륙하는 이른 햇빛의 무게. 낙엽을 밟으며 좌판을 펼치며, 그 여자 푸드덕거리며 웃는다. 세찬 비질로 새들을 날려보낸다. 비질하는 그 여자의 둥근 엉덩이.[19]

소실점[20]

그녀는 안경을 떨어뜨렸다. 순간, 모든 것은 왜곡된다. 모든 것을 다 보아야 하는 의무라도 진 것처럼, 그녀는 비틀렸는가? 세상이 비틀리는 광경. 고해성사라도 하는 것처럼 진실하게, 지독한 난시 때문에, 그녀는 잠시 흔들렸을 뿐. 거리가 투명하다는 사실을 깨닫는. 구두코에 물광을 낸 듯 번쩍거리는. 한 마디 비명. 나는 꿰뚫렸다. 뒤돌아봤을 때, 그녀의 목소리가, 거기, 사라진 그녀가. 아스팔트 위 그녀의 그림자, 깨진 안경. 가는 사람들은 웅성거리고, 그녀는 허공에서 춤이라도 추고 있는 것인가.[21]

Deftones

봉헌의 순간이 찾아왔다. 채혈량 400cc. 사랑의 부족을 나는 십자가 앞에서 시인한다. 공격하라. 턱없이 가벼운 깃털이 된다. "보고 싶다 본의 아니게 연락이 끊겼다. 미안하다." 당신 안으로 들어가기 전에 담배

---

19) Talking Heads, 「Wild Wild Life」.
20) Rush, 「Subdivision」.
21) 조관우, 「늪」.

에 불을 붙이고 한 발짝 물러섰지만, 창밖의 시간은 흘러갔고, 거리가 자꾸 밀려가서 구겨졌다. 그때, 너는 침입해서 굴복의 증서를 펴놓는다. "아들아, 너는 적이다. 본의 아니게 믿음이 사라졌으므로…… 피가 섞였으므로……" 들어온 문으로 다시 나가는 일은 포기했다. 당신 안으로 들어가서 당신을 극복하기 전에 개선장군처럼 나를 통과하고 싶다. 아들아, 너는 결국 나의 부패에서 솟아나는 향그런 버섯 아니냐. 몸 안으로 들어가는 문 앞에서 내 뒤의 모든 기억에 자물통을 달고 숨쉰다. 공격하라. 압착된 기타가 강습한다.

카프카

그대가 나를 찢는 순간 나는 사라지리라. 나는 서캐. 벽과 바닥 사이에 배를 맞댄 채 스며들고 있는 그대. 파먹힌 어둠. 눈알이 없는.[22]

절멸

나는 어둠 속에 있다. 나의 일생은 차가웠고 깊었다.

우주선이 날아온다. 그대가 나를 쳐다본다. 만나자 흐려진다. 열리자 어두워진다. 그대가 내 몸에 닿는 순간, 균열이 생겼다.

하늘에서 해를, 해 속에서 흑점을 오려낸다. 하늘을 해를 흑점을, 절취해서, 맛보고 삼키고 토한다. 나와 하늘과 해와 흑점 사이에 인력과 척력. 갈라진 내 몸이 고요하다. 벌어진 가위.[23]

식욕[24]

돗자리 위에서 고양이가 운다. 귓불을 물고 드릴처럼 운다. 고양이는

---

22) Soundgarden, 「Black Hole Sun」.
23) Greenday, 「Misery」.
24) 황신혜밴드, 「짬뽕」.

이것이 먹고 싶다. 나는 이것을 내 속에 끌어들이고 싶다. 이것은 내 안에 있어야 한다. 나는 이것을 뱉고 싶다. 나는 이것을 몰아내고 싶다. 이것은 내 밖에 있어야 한다. 몸 속의 모닥불, 몸 속의 나무, 몸 속의 몽둥이.

도르륵 말리며 고양이가 운다. 고양이가 있었다. 목에 가시가 걸렸다. 움찔, 빨려들었다.

대리만족

구름으로 만든 피부는 내 것이 아니에요. 햇빛이 만든 위험한 음영 또한 내 것이 아니에요. 천공하는, 분열하는, 나를 어둠의 면발로 만드는, 검은 구멍 속의 눈을, 눈알의 포스를, 알 수 없어요. 그것은 알 수 없는 결사의 칙령 같지요. 나뭇잎이 나뭇잎으로 돌아갈 때, 대지가 나무를 밀어낼 때, 밀려난 것들의 이름이 정해질 때, 까만 포자낭 안쪽에서 나는 나를 캐낼 수 있을 거예요. 그때 나는 싹 트는 기계예요.[25]

리얼리즘

멀대처럼 키가 커서 관이 어찌나 긴지. 업어 키운 동생도 가는구나. 어머니에게 전화했다. 그는 대원교통 배차원이었다. 동서울 터미널에서 안경 걸치고 신문 읽던 그를 본 적 있다. 기사에게 박카스 따주던 그를 보았다. 그의 친구는 열세 시간 동안 술 마시다가 쓰러졌다. 신발 베고 누워 자는 친구. 어머니 또 울었어요. 안 울었다. 하관은 어땠어요. 너도 장례 보고 잘 외워둬라. 이제 네 차례다. 어머니 반야심경 틀 줄 아시지요. 전축 옆에 꽃병, 그 안에 있을 거예요. 얘 이천에는 아직도 은행잎이 남아 있더라. 수의랑 어쩌면 그렇게 색깔이 똑같은지.[26]

---

25) Ultravox, 「Dancing With Tears In My Eyes」.
26) ZZ Top, 「Bar-B-Q」.

조용필을 위하여

나는 과거가 다 걷혀버리기를 기다리듯 오후 내내 베고니아에 떨어지
는 햇빛을 지켜본다. 구름장 사이로 오후 네시의 햇빛이 습격한다. 선봉
에 서서 흘러가는 검은 구름. 쇠파이프 들고 저녁의 골목으로 뛰어가는
전투경찰. 선봉에 서서 하늘을 보라. (왜? 도대체, 왜?) 하늘은 어제와 똑
같고 그저께하고도 마찬가지인지.

> 선봉에 서서 하늘을 본다 / 고향집 하늘 위에 굴뚝 연기가 / 투사가 되어
> 조국의 내일 / 이 몸과 이 혼으로 싸워나가리 / 오 어머니 당신의 아들 (딸)
> / 자랑스런 민중의 투사 / 영광의 전장 뿌려진 피땀 / 어머님의 눈물이런가
> — 민중가요, 「선봉에 서서」 부분

휴대전화를 들고 머뭇거릴 때 지나는 구름의 말. 조심해라 애야, 마흔
이 넘었다구. 넌 아직도 어린애야. 정언 밖에 내가 있고 나의 밖에 당신
이 있다. 결정적인 패착 때문에 고독을 느낄 때마다 나는 마당으로 눈을
돌렸다. 창틀의 베고니아를 비추는 햇빛과 오후 네시의 소란함······27)

한잔하자, 담보는 걱정마라, 다만 일시적 급락일 뿐이야, 그는 개미군
단의 병사일 뿐, 일개미일 뿐. 4만8천원입니다, 사인하시죠, 카드 판독
기가 그를 빨아들인다. 도솔미라 전자음이 또렷하다. 영수증의 서명이,
서약서의 지장이 희미해진다. 그때 우리는 알고 있었을까. 무너지면서
즐기는 방법 말이야.

---

27) 해질 무렵 거리에 나가 차를 마시면 / 내 가슴에 아름다운 냇물이 흐르네 / 이별이란 헤어짐이 아니었
구나 / 추억 속에서 다시 만나는 그대 / 베고니아 화분이 놓인 우체국 계단 / 어딘가에 엽서를 쓰던 그녀의
고운 손 / 그 언제쯤 나를 볼까 마음이 서두네 / 나의 사랑을 가져가 버린 그대 / 서울 서울 서울 아름다운 이
거리(조용필, 「서울 서울 서울」 부분)

소시지

이빨이 보이는군. 입술을 조금 아무리고 시선은 좌상방에 두지. 허공의 점이 보이나. 암점 말이야. 거기서 네가 나왔어. 따뜻한 어둠 속으로 너는 지금 빨려들고 있어. 허공에 초점을 맞춰야 해.

깨끗해진 것인가요. 이제 흰 방이 되었군요. 어깨에 힘이 들어가요, 심호흡이 필요합니다. 나온 배를 밀어 넣으세요, 젖은 머리칼을 귀 너머로 넘기세요, 왼 다리를 돌 위에 올리고 턱을 괴세요, 생각하는 사람이군요. 눈을 깜박이면 당신은 사라졌다가 나타납니다. 바람과 함께 사라졌다가 나타나는 당신은 누구인가요. 내 눈은 강력한 엔진. 맛있지요.28)

Lateralus29)

당신을 만나면, 산이 돌아앉고, 나무들은 꼬리에 꼬리를 물고, 포물선을 그리다 새는 멈춰서 전기줄이 되고, 우주비행사가 햇빛 속에서 거품처럼 유영한다. 북회귀선처럼 이마를 가로지르는 초파일의 연등 사이, 공중에 투명한 집을 걸어놓은 거미가 보인다. 당신은 지금 감마선처럼 날 통과한다.

나는 움직이고 산은 멀어지고, 허공에 눈동자 떠오르고, 발은 사막에 빠지고, 모래시계처럼 허리는 가늘어지고 중심이 무너지고 달걀이 구르고 주춧돌이 미끄러진다. 물결치는 잎새들의 파동 한가운데를 관통하는 시선. 당신과 나의 음악.

새 얼굴, 오랜된 그곳30)

환형동물이 기어간다. 이마 위 붉은 기척. 나를 왜곡한다. 제3의 눈이

---

28) Godsmack, 「Voodoo」.
29) The Tool.
30) Phil Lynott, 「New Faces, Old Places」.

있다.

헬리콥터

공중정지비행하는 그대여. du du du du du do the evolution. 머리 위를 선회하는 도덕률이 있다.

우~ 난 진보한 인간. 난 최초로 바지를 입은 포유 동물. 난 자유롭게 욕망을 추구할 수 있어. 난 독실한 신자이니까, 누구든 죽일 수 있어. 그것이 진화야, 베이비.

— Pearl Jam, 「Do The Evolution」 부분

어머니, 나를 더 많이 낳아 주세요.

11 DN, FA R, 7093 BN, C BA, FO

어사 박문수는 아니고 여물다 못 여문 여문수 여물통이라고 부른다며 깔깔 웃었는데, 담배를 좋아해서 굴뚝 차린 공장인듯 발씬거리며 담배를 빨고 뻴고 씹을 때, 눈은 더 작아지고 입은 뾰족해지고 작은 눈 작아져 우는 토끼 같던 작은 눈 문수, 어느 가을날 양덕원 후미진 창고의 문수는 과장에게 맞아서 작은 눈이 더 작아졌다고, 박문수는 아니었으니까 마패도 없었으니까, (마~ 미래파가 아니랴) 벌러덩 문 열리자 태권도 2단에 합기도 2단 칠뜨기가 군화발로 태권브이처럼 날아, (알리처럼 날렵하게시리), 가슴 배 사타구니 그리고 목덜미, 박문수가 아니어서 맞았다고, 조르며 움켜쥐고 씨근덕대던 숨소리가 뱀파이어 같았다고, 나를 안고 울던 작은 눈 문수, 박문수는 아니었고, 담배를 건네며 미안해서 미안해서 울상이 되어, 장중아 장중아 부르던 작은 눈 문수 못 여문 여문수 작은 눈에 글썽이던 것.

내가 당신을 발견했어요, 이제 울지 말아요 / 울지 말고 주위를 둘러봐
요 / 당신을 찾기까지 너무 오래 걸렸어요, 울지 말아요 / 당신이 원하는
것을 하세요, 사랑하는 사람이여, 제발 울지 말아요

— Asia, 「Don' t Cry」 부분

Summer Soldier[31]

비 맞으며 달리기를 했다. 어둠이 빠르게 쫓아왔다. 이층 높이의 낙엽
송. 장대한 나무들의 그림자 어둠 속에서 먼지처럼 떠오른다. 모든 것이
먼지 속의 상실. 수비수와 부딪치고, 헤딩을 하고, 상대방의 발을 걸어
넘어뜨리고, 고인 물을 튕기고, 뛰고, 적진을 향해 뛰고, 그물을 가르는
축구공, 환호성, 그리고 번개. 빗속을 유영하는 물고기, 비린내가 코끝에
와 닿았다. 황동색 피부 위를 구르는 물방울, 그리고 번개. 나의 윗입술
을 적시던 코피.[32]

침엽수가 늘어선 어두운 거리. 불어난 강물. 도로는 끊겼다. 삼일 동안
쏟아지던 비, 곰팡이 냄새가 거리를 떠돌고 있었다. 바람이 불었다. 박하
향 같은 휘파람 선율에 흘러드는 습기, 열어 놓은 창문, 열린 지퍼 사이
로 바람. 주유소 황색 불빛 속의 철골. 히말라야 삼나무가 늘어선 거리,
행군하는 군인들, 그들이 어둠을 빨아들였다. 찰랑거리는 갈증, 당신이
듣고 싶었다.[33]

대령이 군대를 이끌고 출정했다. 홍수난 엘베강 건너 검은숲으로 진
격하라, 퇴로는 끊겼다, 오로지 전진뿐이다, 장군은 아름다웠다. 여름밤
이었다. 둑을 따라 지평선까지 뻗어 나간 대열, 그들이 부르던 노래, 끝
이 없는 인연. 벗어난다는 것을 상상해 본 적이 없다. 당신을 잊는다는

---

31) Barclay James Harvest.

32) Granada, 「Rompiendo La Obscuridad」.

33) Novalis, 「Aufbruch」.

것은 형벌. 끝나지 않는 노래가 들려온다. 고통이 아름다울 때까지, 당신이 고통이라는 것을, 그 어둠 속에서. 나는 졸고 있었다.[34]

불꽃, 당신은 한 시절의 불꽃. 한밤의 불꽃놀이. 믿음은 영원하리라. 당신의 몸에 현현한 진리. 무릎 꿇어야 하는 것입니까. 무엇에 굴복해야 하는 것입니까. 그 정지의 몇 초 동안 나는 전율했다. 달 없는 밤, 불꽃과 굉음, 당신의 휘발성, 푸른 정맥, 나의 은빛 탄환. 침묵. 담배 연기 사이로 들려오는 그레고리안 성가.[35]

정지한 시간 속으로, 흙먼지. 바람의 손짓, 솟구치는 피, 뜨거운 햇빛, 흔들리는 개망초꽃, 장마의 전조, 검은 구름. 목덜미에 흘러내리는 땀방울. 일몰, 끝으로 나는 다가서고 있었다. 끝자락 보이는 여름의 여우고개, 옛날의 여우 보름밤엔 흰 목덜미 이빨 자국도 모르고 피 흘리며 지나는 사람. 길은 한쪽이 절벽. 암벽 사이, 하늘엔 흘러가는 구름 흘러가는 물소리 가득한 암벽 일주문을 넘어 들려오는 어두운 독경 소리, 관세음보살. 머리카락은 더디게 말랐다. 물에서 솟구치는 몸.

저녁 햇빛이 충혈되고 있다. 바람의 뺨. 살아 있다는 것의 감촉. 낮 동안 자란 수염이 까칠했다. 차창 밖으로 뻗은 손, 지나는 바람. 손가락 사이 담뱃불이 더욱 붉어졌다. 면소재지의 불빛이 신기루 같았다. 여우고개 이마 위로 흰 보름달이 떠올랐다.[36]

—무작정 버스 탔어요.

—못 보면 그냥 가려고 했니, 비 맞았구나, 감기 걸리면 어쩌려구.

당신은 내 어둠을 읽어낼 수 있을까. 음반가게, 출입문 밖 낡은 스피커 앞에서, 드럼 비트에 맞춰 머리 흔드는 어둠. 하루살이가 떼를 지어 따라왔다. 돌아가는 논둑길은 개구리 우는 소리, 당신의 숨소리. 서쪽 하늘에

---

34) Emerson, Lake & Palmer, 「Toccata」.
35) Enigma, 「Principles Of Lust」.
36) Marvin Gaye, 「Sexual Healing」.

뜬 금성이 사라질 시간.[37]

산정분지에 바람이 불고 있었다. 바람이 억새를 흔들고 있었다. 결박 당한 채 흔들리는 억새와 당신의 소문과 당신의 냄새를 실어 오는 바람. 억새는 바람에 쉽게 항복했다. 억새가 되고 싶었다. 항복하고 싶었다. 견 뎌낸다는 것, 패배. 바람의 포승줄에 묶여 있는 나. 바람은 얼음이 되어 한 겹 한 겹 날 감싸고 있었다. 얼음기둥이 되고 있었다. 살아 움직이는 것은 바람뿐.[38]

얼음 편지

잔에 담긴 물. 호랑이처럼 다가와서 나를 통과한 투명한 한기. 움직일 수 없다. 입술이 떨어지지 않는다. 차가운 어둠 또는 의지. 이빨을 박아 넣고 턱에 힘을 주고 당신을 부서뜨린다.[39]

April Sky[40]

외팔이 율사가 왔다. 절반은 어둠의 소리. 식충식물처럼 기다린다. 나 의 몸을 통과하는 오래된 선율.

Transformer

옵티머스 프라임, 대한민국을 구원해주세요. 범블비, 나이와 권력을 구분 못하는 심술쟁이 노인네들을 때려줘요. 그런 시인들의 털을 몽땅 뽑아버려요. 자유와 정의와 진리를 변신과 합체와 문학으로 오인하는 자들, 디셉티콘 군단. 악당들에게 곧 최후가 찾아오리니.[41]

---

37) Abba, 「Summer Night City」.

38) Slayer, 「Angel Of Death」.

39) Styx, 「Don' t Let It End」.

40) Vinnie Moore.

41) The Prodigy, 「Invaders Must Die」.

길 위의 생

Come Back Home

드디어 도착했다. 오래 전에 떠났던 곳으로, 나는 돌아온 것이다. 나는 너를 통해 나와 나의 언어와 나의 음악을 탄주하려고 하는 것인지도 모르겠다.

부석사. 마른 언덕을 적시는 비가 쫑긋 귀 세운 토끼 같다. 나는 태어났다 사라지는 불꽃을 본다. 빗방울이 땅에 부딪힌다. 불꽃의 연원. 불꽃 너머에서 날름거리는 그 시절. 우리는 연소되었다. 건너편에서 나를 지켜보는 너. 그날의 너는 사라졌고, 바라보는 내 시선도 사라지는데, 올라온 돌계단에 떨어지는 빗방울이 푸시식 불꽃을 잠재운다. 나를 비추는 별과 내가 바라보는 성운과 흘러나가는 산의 윤곽과 사라지는 길 위의 사람. 그리고 너의 냄새, 지문 냄새, 바람에 스며 있는 별의 냄새. 어둠에 먹히는 산처럼 아래부터 희미해지는 얼굴이 보인다. 너의 얼굴일까. 지워진 나의 얼굴일까. 그날의 우리 얼굴일까. 1992년 우리는 영천에 있었는데, 지금 우리는 어디에 숨어 있나. 심해어深海魚 한 마리 별빛 가득 찬 무량수바다에서 헤엄쳐 나온다.

우리 뒤로 3사관학교 정문이 보인다. 우리가 만났던 8월로 돌아간다. 저…… 처음 보는데요…… 인사나 하죠. 장석원이라고 하는데요……. 8월의 태양 아래서 우리는 K2를 들고 있다. 금방이라도 소금기둥이 될 듯하다. 태양은 점점 커지는데 엎드려뻗쳐 기합을 받는 내가 보인다. 태양은 수소와 헬륨의 핵융합체. 그것은 물질. 그것 아래의 나와 흙먼지. 복종이 운명인 청년들의 배후를 따스하게 하는 그것. 누군가 나에게 명령을 내린다. 나는 달아오른 기계처럼 붉다. 산은 푸르고 하늘은 검다. 하얀 건 침묵이다. 나와 너는 쓸쓸한 풍경의 구성원이었다. 한 번 쓸쓸해진 풍경 안을 비추는 태양. 오래 전, 우리는 흑암. 오래 전, 우리는 사라지고 있었다.

행군이 시작되었다. 11월은 갈褐의 계절. 코스모스, 추수, 느티의 낙엽. 방송차가 뒤를 따랐다. 우리에게 남겨진 길은 150㎞.

> 난 알아요 / 이 밤이 흐르고 흐르면 / 누군가가 나를 떠나버려야 한다는 / 그 사실을 그 이유를 / 이제는 나도 알 수가 알 수가 있어요 / 사랑을 한다는 말은 못했어 / 어쨌거나 지금은 너무 늦어버렸어 / 그때 나는 무얼 하고 있었나 / 그 미소는 너무 아름다웠어 / (……) / 사랑을 하고 싶어 너의 모든 향기 / 내 몸 속에 젖어 있는 너의 많은 숨결 / (……) / 오 그대여 가지 마세요 / 나를 정말 떠나가나요 / 오 그대여 가지 마세요 / 나는 지금 울잖아요.
>
> —서태지와 아이들, 「난 알아요」

서태지와 함께 한 날들. 1992년에 그는 한국 대중음악의 새로운 장을 열었다. 댄스 음악에 결합된 랩과 헤비 메탈. 내게는 알 수 없는 것이 많아요, 나는 그대에게 사랑한다는 말을 하지 못했어요, 그대의 모든 향기가 내 몸을 젖게 만드는데, 그대는 지금 정말 나를 떠나려 하는군요, 나는 지금, 조금, 울고 있어요, 그대여 가지 마세요.

우리는 떠날 수밖에 없었다. 정해진 길로 끌려가고 있었다. 진통제를 먹었다. 너는 물집 잡힌 발에서 고름을 짜냈다. "결코! 시간이 멈추어 줄 순 없다. Yo! 무엇을 망설이나 되는 것은 단지 하나뿐인데, 바로 지금이 우리에게 유일한 순간이며, 바로 여기가 단지 우리에게 유일한 장소이다. 아무도 우리에게 관심을 두지 않는다. 하나, 둘, 셋, Let's go! 우리는 새로워야 한다. 아름다운 모습으로 바꾸고 새롭게 도전하자."[42] 환상 속에 우리가 있다. 모든 것이 이제 다 무너지고 있어도, 환상 속엔 아직 우리가 있다.

뒤섞이고 있었다. 우리는 한 덩어리가 되어 통증을 느꼈다. 서태지의 노래와 구령 소리가 우리의 양쪽 귀로 흘러들었다. 서태지의 헤비 메탈 기타 리프가 나를 쓸어내린다. 들리는 것이 있어야 했고, 발설해야 할 어떤 것이 필요했다. 휴식 후 다시 행군이 시작된다. 「난 알아요」의 전주가 들린다. 우리는 발걸음을 뗀다. 우리가 암기했던 두 단어. 낙오와 임관.

우리는 사격장으로

나는 흙덩이였다. 사격장에서는 구타도 허용된다. 맞지 않으려고 신속하게 명령에 복종했다. 점점 나아지고 있다. 훈련장으로 가는 오르막길에, 개망초. 뒤를 따르는 동기들의 두런거리는 소리. 서로의 몸을 비비면서 웅성거리는 자갈들. 젊은 군인들은 조련된 군마처럼, 푸른 군인들은 진시황릉을 지키는 입상처럼, 그들의 몸을 총으로 바꾸어야 했다. 달

---

42) 서태지, 「환상 속의 그대」 부분.

아오른 총신. 우리는 꼿꼿이 기립했다. 벌겋게 물들었다. "미쳐가고 있어요, 그러나 기억은 남았는데…… 재는 재로, 먼지는 먼지로, 어둠 속으로 사라지는데…… 그러나 기억은 여전한데……"[43]

고개만 넘으면 고경 사격장이다. 길마루에 올라서서 돌아보았다. 흙먼지가 가라앉는다. 기억은 자갈 틈새의 잡초처럼…… 그곳에서 너와 나는 갑자기 사라져버렸다. 그날의 우리들은 토우土偶가 되었다. 고요한 불꽃 속에서, PRI훈련.

노을진 강가에 누워

낮은 데로 흘러드는 흐린 숨결을 듣네

버드나무 그림자 드리우고

우리는 천천히 지워지는데

그가 부스스 일어서

투명한 강물로 나를 떠미네

푸른 어둠이 스며들자 머리에

불붙여 강물을 비추는

나무의 얼굴, 너의 얼굴 일렁이는데

우리의 눈빛 예광탄처럼 강을 가르네

가을이 찾아왔다네

바람 속에서 너의 음성 들려온다. 바람 속으로 나의 노래 흘러간다. 우리는 요동치고 갈라지고. 우리는 산정의 억새처럼 부서져내렸다. 거품 끓는 교관의 목소리가 우리를 부스러뜨리는데, 모래처럼 흩날리는 햇빛 속에서 나는 조금 울었는데, 그때 너는 어디에 있었는지…… 11월의 어

---

43) Metallica, 「Memory Remains」 부분.

느 날 아침 햇살에 내가 지워지면, 나눠 먹던 진통제처럼, 혈관 속을 떠
도는 11월의 햇빛처럼, 재갈 물고 우는 사격장의 바람 소리 퍼져나가겠
지. 11월의 햇빛과 11월의 하늘을 떠도는 바람 소리를 너는 들을 수 있
니? A형 텐트 속에서 추위 때문에 잠들지 못했던 11월의 밤, 우리는 그
날 냉장되었다. 우리는 썩지 않는다.

바람 속에서 움직이는 것, 그것의 이름은 먼지, 우리는 뒹구는 먼지.
먼지는 명사이며, 먼지는 서술어. 먼지와 먼지가 된 것 사이의 인과因果.
움직이는 것들은 먼지의 일족. 먼지와 먼지 아닌 것. 먼지는 바람이라서
살아 있고, 먼지는 형체를 쉽게 바꾸어서 나이기도 하고 나 아니기도 하
여, 먼지 속에서 우리는 소리 없이 사라져 말이 되고 말의 씨앗이 되고
씨앗 속의 씨앗이 된다. 자꾸 복제된다. 나의 얼굴 위로 11월의 바람 지
나간다. 나는 너를 잃고서 유동하는 먼지. 바람이 지웠다가 만드는 너의
얼굴.

그날로 돌아갈 수 있을까. 왜 그곳에서 이곳으로 밀려왔을까. 건너온
곳이 지워졌다. 도로 위의 햇빛 절벽. 그날의 하늘이 영원에 갇혀 깊이를
잃는다. 백수광부처럼 물 옆에 앉아 있는데, 그때부터 지금까지 눈꺼풀
에 어룽대는 파문, 파닥이는 나비. 휘돌며 빨려들더니, 둥실 떠올라 소용
돌이가 되니, 너는 지금 거기에 있는 것인가. 검은 강에 햇빛 얼룩진다.
흰 벽에 뚫린 문을 닫고 눈을 감는다.

바깥에서 한 사람이 나를 본다. 그는 바람에 밀려 왔다. 그림자가 그를
뱉어냈다. 햇빛이 그의 입술을 벌렸다. 누워 하늘을 바라보았다. 눈물이
흘러 숨을 쉴 수 없었다. 흰 구름이 배꼽에 걸렸다. 나는 길 가운데 있는
집이다. 구름을 모아서 기억을 만드는 공장이다.

그 집은 내 입 속에 있다. 문은 두 개뿐이다. 들어가고 나오는 곳이 각
각 다르나, 한 번 들어가면 들어온 문이 사라지고 나갈 문이 보이지 않는
다. 문 밖에서 두드리는 자의 얼굴 사라지고, 문 안에서 두드리는 자의

얼굴이 보인다. 그 집의 복도는 습하고 방엔 해가 들지 않는다. 그 집에 들어간 자들 모두 구름이 되었으나 쉽게 바람 속을 지날 수 없었다. 입 속의 그 집 삼킬 수 없다. 영천永川, 그곳의 너의 집에 다녀온 듯하다, 석아.

나는 희망해요,
언젠가 당신의 웃음을 보게 될 날을[44]

Edward Hopper, 「빈 방의 햇빛」

음악은 나에게 영광. 기록되지 않은 모든 것들의 증인. 찬양할 수 없는 것들을 위해 음악이 필요하다. 음악은 눈물 흘리지 못한 나의 상처들을 위해 내가 선택할 수 있는 최선의 아름다움. 내 몸을 합성한 음악들의 과거를 묻지 마세요. 내 피톨마다 음악의 얼굴을 그려 넣어요. 음악은 동결된 지속, 음악은 영원히 시작되는 순간. 음악과 함께 우리는 구성되었어요. 음악이 나를 정직한 절망으로 데려왔어요. 내가 멸실되어도 좋아요. 음악이 나를 머금고 지속될테니까요. 음악이 나를 재구성할

---

44) Moody Blues, 「When You' re A Free Man」.

테니까요. 음악은 나의 몸, 나의 울음. 음악이 사라진 후에야 우리는 해체될 것이니까, 음악을 오늘, 죽이기로 합니다. 그것이 곧 나의 종말이겠지만. 어둠에 적합한 음악을 당신은 알고 있는지. 어둠이 한 점으로 응축되는 때, 어떤 음악이 있어야 하는지. 다시 시작될 음악은 과연 누구의 노래인지. 내가 듣고 싶은 침묵. 빈 방의 햇빛에 깃든 음악, 햇빛의 절단면에서 눈 뜨는 시.

7부 음악 편지

Janis Joplin의 「Summertime」

석에게.

그녀가 울고 있다. 그녀의 목소리는
왜 시적인가. 절망의 목소리. 절망을 부
여잡고, 절망에 흡착되면서, 절망이 빚
어낸 영혼의 고갈을, 절망이 운명임을
깨닫는 자의 울부짖음을 그녀는 생생
하게 전달한다. '꾀꼬리 같은 목소리,
은쟁반에 구슬 구르는 목소리'로 노래
부르던 전대의 여자 가수들과 비교해
볼 때, 확실히 그녀의 음성은 혁신적이
라 할 만큼의 파격을 선사했다. 이것은

재니스 조플린

새로움이다. 절규하지만 몸 안으로 응축되는 목소리. 몸 밖으로 뻗어나
오지 못하지만 듣는 사람의 몸과 마음에 천천히 균열을 일으키는 그녀
의 노래를 들으면서 나는 무더운 여름날의 정지된 시간을 느낀다. 왜 나
는 이곳에 와 있는지 너는 알고 있니?

여름날 / 아이야, 너는 쉽게 살고 있구나. / 물고기는, 물고기는 뛰어오
르고 / 주여, 면화는 높이 자라고

너의 아버지는 부자고, / 너의 엄마, 오 아이야 엄마의 아름다움을 생각
해봐, 애야.

가사의 일부이다. 여름날 그녀는 생명 충만한 자연을 바라본다. 모든 것은 잘 될 것이다. 여름의 열기가 세상 모든 이들의 삶을 가득 채우고 있는 듯하다. 그녀는 이 모든 열광 속에서 절망을 목도한다.

아이야, 아이야, 아이야 / 절대로, 절대로, 절대로 울지 마라. / 애야, 울지 않는 게 좋다 / (……) / 아침까지 / 애야, 절대로, 아무것도 너에게 해를 끼치지 않을 거야, 아이야 / 아무것도 너를 낙망시키지 않는다고 말했잖니 / 왜냐하면 내가 그것을 못하게 했으니까 / 절대로 절대로 절대로 / 아이야 아이야 아이야 아이야 / 울지 마라 / 절대로

그녀는 누구를 보호하고 있는 것일까. 누구를 사랑해서 이렇게도 애달프게 사랑을 선사하는 것일까. 나는 그녀의 노래를 들으면서 사랑을 느끼고 있는데, 너도 느낄 수 있니. 모든 것을 잃어버렸을 때, 모든 사랑에 소외되었을 때, 그녀의 목소리를 들으며 절규 속의 침묵을 느끼는 순간 정화되는 느낌을 갖게 되지 않을까.

그녀가 노래를 부르면 평이한 가사도 시가 되는 신비하고 이상한 아름다움을 느끼게 된다. 시적인 것, 그것을 이 노래는 그녀의 목소리에 빚진다. 갈라졌지만 멀리 퍼져나가고, 가볍지만 무게중심에 호소하고, 끊어질 듯하지만 결코 중단되지 않는 재니스 조플린의 목소리에는 가족과 친구들에게 희생당했던 그녀의 불우한 삶이 배어 있다.

Gary Moore의 「Parisienne Walkaways」

나를 울렸던 선율. 무덤의 봉분 같은 선율. 언제나 무릎 꿇게 만들고, 경외심에 사로잡히게 하는 선율. 1949년의 파리를 기억하는 기타리스트와 울부짖는 그의 기타 그리고 와인 보졸레. 결코 열광하지 않는 이 기타

앞에서 나는 끓고 있는 난로 위의
주전자를 생각한다. 칙칙거리며 뿜
어져 나오는 수증기, 달아오른 붉은
주전자, 그 앞에서 창밖을 바라보며
그날의 기타를 듣는다. 지금 기타는
고음으로 치달으며 울음을 삼킨다.
지워지지 않는 기억의 편린들이 있
다. 잊을 수 없는 얼굴이 있다.

개리 무어

　난 그날 밤, 미숙하게 연주하는
문선대원들의 기타에 눈물을 흘리
며 아파했다. 내 앞에서 기타를 연주하던 후배를 잃은 지 십년이 지났다.
지금 음악만 남아 그를 떠올리게 한다. 그날의 나는 없고, 소리가 빈 공
간을 채운다. 누가 떠났는지 알 수가 없다. 기타 소리가 바로 사람의 목
소리 아닐까. 그의 몸이 만든 절규 아닐까. 그때 그가 그렇게 울고 있지
않았을까. 그날 밤의 연병장에서 어둠에 묻혀 나 역시 울고 있지 않았을
까.

　석아, 나는 그날 거기에 없었고, 그날 너는 나와 술을 마셨고, 우리는
그렇게 헤어졌고, 한 번도 명복을 빌어보지 못한 나에게 개리 무어는 울
렁이는 선율을 남겼다. 나는 살아오면서 토해낼 그 무엇을 가지고 있었
던가. 내가 토해낸 그리움이, 나의 언어가 누구를 울릴 수 있을까. 결국
아무것도 아닌 나, 나의 언어, 시. 기타가 숨을 고른다. 눈을 감고, 깊은
숨을 쉬고, 잔향을 움켜쥐며, 나의 빠리를 떠올리며, 나를 지켜주던 사랑
의 소멸을 거역하지 못하며 전율하는 기타를 바라본다. 알바트로스의
비행이 막을 내리고 있다. 나는 뒤뚱거리며 그날로 돌아간다.

Nirvana의 『Bleach』

커트 코베인

열반이 뭔지 아니? 담배 냄새, 침 냄새, 땀 냄새가 가득하다. 90년대조차도 스러져간 과거가 되었다. 나는 지금 앨범 『Bleach』를 듣는다. 표백된 영혼을 듣는다. 순수한 목소리가 들려온다. 그가 나에게 무엇인가를 말하려고 하는데, 그의 언어가 내 영혼에 파문을 일으키며 방안을 채우고 있는데, 의미가 사라진 이 텅 빈 기표들이 왜 절규가 되는지를 나는 알 수가 없다.

커트 코베인은 죽었다. 권총으로 자살했다. 그는 영원한 젊음과 무한한 반항의 아이콘이 아니다. 반항의 의미를 나는 알고 싶지 않다. 그가 무엇 때문에 죽음을 선택했는지는 중요하지 않다. 나는 그를 매일 밤 볼 수 있으니까. 매일 밤 그의 목소리와 기타를 들으면서 소멸해버린 90년대를 반추할 수 있으니까 말이다. 그것은 내 젊음의 한 시절을 위무하는 조곡이다. 그가 나에게 말한다.

제임스 딘 뺨치는 표정으로 담배를 피워요. 세상에 쑥떡을 먹여요. 한 번의 일탈과 한 번의 자유가, 혹은 한 번의 배신이 우리를 얼마나 초라하게 하는지 아나요? 영원으로 달려가는 길은 없어요. 여기서 물러서지 않고 살아야 해요. 위축된 심장을 두드리는 북소리가 들려요. 술병을 들고 뛰어요. 잠시 이 세상을 떠나요.

채석강에 눈이 내리고 있었다. 흘러가는 회색 구름이 떨어뜨린 눈발. 바다 쪽에서 걸어오는 코베인을 본 듯하다. 나는 바람을 거슬러 오른다.

내 귀에는 「Floyd The Barber」. 일상에 잠복해 있는 죽음의 냄새. 변산의 바다와 들과 갯벌과 산 위에 내리던 눈은 무거웠다. 바람이 숨겨둔 그 냄새를 맡는다. 내가 싸우고 있는 대상은 무엇인가. 과거인가 죽음인가, 음악인가 언어인가.

잠시 노래에 취해보라고 권유한다. 코베인이 외친다.

I'm a negative creep.

창가에서 담배를 피운다. 열어놓은 문틈으로 연기가 빨려나간다.

Dive!

나에게 그가 말한다.

내 몸에 뛰어들어요. 당신만이 뛰어들 수 있어요. 울부짖음의 끝에서 뛰어내리세요.

나는 답한다.

당신은 나에게 'dive in me' 라고 말하지만 뛰어들 당신의 몸이 존재하지 않는데…… 죽은 당신을 사랑할 수 있게 된 것을 행복이라고 말해야 하나. 정녕 그것만이 허용될 수 있었던 유일한 사랑법이었는지, 내게 허락된 것이 그것이었는지…… 더 이상 부를 노래가 없다고 그들에게 항복해야 하나.

Doors의 「Waiting For The Sun」

인식의 문을 열 수 있을까. 석아, 영화 『도어즈』를 봤니? 짐 모리슨은 왜 스스로를 'lizard king' 이라고 불렀을까. 그는 인식의 문을 열었던 것일까.

그가 노래한다.

어지러운 세상 살아가는 나는 당신의 깊은 마음을 알 수가 없어서 오늘도 빈 하늘을 쳐다보며 한 줌 재가 되고 싶어 했습니다. 태양을 기다리

짐 모리슨

며 나는 야위어 갑니다.

60년대의 향기를 맡는다. 몽롱한 오르간 소리에 취한다. 그는 무엇을 기다리고 있었을까. 내가 그에게 하고 싶은 말.

우리를 비쳐줄 청춘의 해는 없어요. 영혼을 비춰줄 햇빛을, 당신은 가지고 있나요. 갈 길이 너무 멀어요. 오늘도 태양을 기다렸어요. 흑암의 배후에 태양이 있나요. 우리를 구원해줄 햇빛은, 이 나라에, 이 사회에 존재하지 않아요.

에덴의 빛 이후로 / 우리는 바다로 달려내렸습니다 / 거기 자유의 해변에 서서 / 태양을 기다립니다 // 당신은 느낄 수 있나요 / 봄이 왔습니다 / 흩뿌려진 햇빛 속에서 살아가야 할 때입니다 // 태양을 기다립니다 / 기다림, 기다림, 기다림, 끝이 없는 기다림 // 당신이 오기를 기다립니다 / 당신이 내 노래에 귀 기울이기를 기다립니다 / 당신이 오기를 기다립니다 / 무엇이 잘못되었는지 내게 당신이 말해주기를 기다립니다 // 내가 알고 있는 가장 괴이한 삶 / 아 아 악 // 당신은 느낄 수 있나요 / 지금 봄이 왔습니다 / 흩뿌려진 햇빛 속에서 살아가야 할 때입니다 // 태양을 기다립니다

석아, 지금 이 순간의 삶이 혹시 기괴하게 느껴지지는 않니? 누가 있어 우리의 삶을 운행시키고 있는 것일까. 짐 모리슨이 기다린 것은 무엇일까. 태양일까. 나와 너는 누구를 기다리고 있는 것일까. 기다림의 끝에는 무엇이 존재할까.

짐 모리슨은 '당신'을 기다린다. 이 노래를 들으면서 어떤 기다림을 떠올릴 수 있다면, 지금 '나'의 삶에 간절한 기다림이 있다면, 그것이 얼마나 소중한 '원願'인가를 따져보라. 내일도 태양은 떠오를 것이므로 우리는 다시 기다릴 것이다.

King Crimson의 「I Talk To The Wind」

시인의 시가 노래가 될 때, 시인은 과연 행복할까. 1969년에 발표된 노래가 흐른다. 바람에게 말을 전하는 시인. 시인의 말을 노래로 부르는 가수. 석아, 바람의 노래가 들리니? 왜 바람은 노래를 싣고 우리에게 불어오는 것일까. 그 노래의 의미는 과연 무엇일까. 바람에 실려 오는 시인

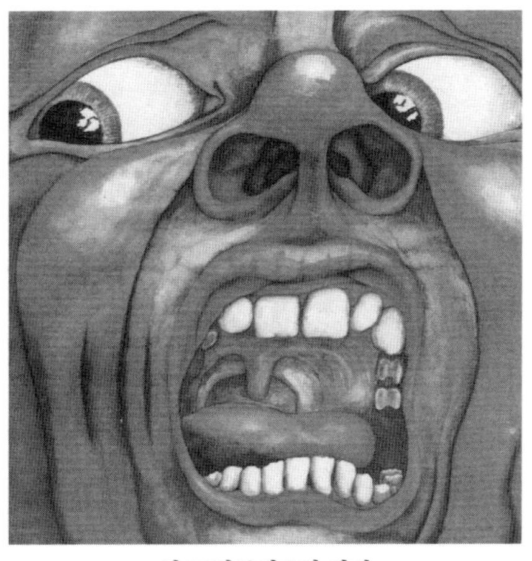

킹 크림즌의 1집 커버

의 언어에는 과연 의미가 존재할까. 멈추지 않고 운동하는 바람 앞에 서 있는 너와 나에게 들려오는 소리의 얼룩. 보이지 않는 둥근 감옥에 갇혀 내 앞에 놓여 있는 길을, 과거에 시작된 바람을 바라본다.

똑바로 보이는 그 사람이 뒤늦은 나에게 말하네 / 어디에 있었냐고 / 나는 이곳에 그리고 저곳에 있었지요 / 그리고 나는 그 사이에 있어요

나는 바람에게 말하네 / 나의 말은 바람에 흩어지고 있는데…… / 나는 바람에게 말하네 / 바람은 들리지 않고 / 또한 바람은 들을 수도 없네

나는 바깥에서 안을 바라보네 / 내가 보는 것은 무엇인지 / 더 커진 혼란 그리고 환멸 / 나를 에워싼

나의 말도 바람에 흩어지겠지? 내가 여기에 있을 때, 너는 거기에 있었을까. 내가 거기에 있었을 때, 너는 이곳에 있었을까. 여기와 거기 사이에 누가 있었는지, 아니 누가 있는지…… 바람에 흩어지는 언어만이 기록될까. 흩어지는 나의 자음과 너의 모음이 바람에 새기는 무늬. 둥근 얼룩들, 내가 만든 파문이 너에게 전달될까. 그래도 나는 바람에게 말을 건넬 수밖에 없는데…… 바람의 소리를 나는 들을 수 없다.

저 바람이 혹시 나일까. 내가 만든 언어가 진정한 나일까. 바람에 흩어지는 것은 나의 말이 아니라 나라는 존재 아닐까. 바람에 날려 흩어지면서 나는 방금 전의 나를 바라보고 있는 것은 아닐까. 어제의 나는 어디에 있는 것일까. 바람에 실려 떠나고 있는 것은 아닐까. 그 자가 미래의 나일까 혹은 어제의 나일까. 내가 보는 것은 무엇인지……

시인 피터 신필드가 내게 말한다. "더 커진 혼란 그리고 환멸"일 뿐이라고 속삭인다. 그것이 나를 둘러싼 유일한 현실이라고, 그것을 인정하라고, 바람에 실려 흩어지는 오늘의 나와 나의 언어를 바라보라고……

석아, 우리가 있는 이곳은 어디일까.

Moody Blues의 「New Horizons」

내가 미래와 짝을 맺을 때 새로운 의미를 만들어낼 수 있을까. 나라는 존재에게 미래는 어떤 의미일까. 내가 미래를 건설할 수 있을까. 혹시 과거가 미래를 규정짓는 것은 아닐까. 나는 미래의 꼭두각시 아닐까. 사후의 아픔이 이전의 아픔을 소생시키고, 내일의 내가 오늘의 나를 판단하

지는 않을까. 내일의 햇빛이 오늘의 나를 관통하여 과거에 닿지는 않을까. 과거가 내 몸을 지나서 미래로 흘러가고 있지는 않을까. 내일이 보낸, 내일이 내던진 나에게 과거는 어떤 의미가 될까. 지금의 나는 혹시 존재하지 않는 것은 아닐까. 과거의 내가 지금의 나를 노려보고 있지는 않을까. 내일의 내가 어제의 나를 데리고 여기에 서 있는 것은 아닐까.

로버트 프립

석아, 나는 지금 「새로운 지평선」을 바라본다.

바람 위에서 고양되는 나의 자유 / 날개를 펴면 / 내 마음 너머 저 멀리 / 악몽 너머에서 실현되는 것을 / 나는 바라보기 시작합니다 / (……) / 나는 당신의 소중한 선물을 잃지 않겠습니다 / 언제나 그것은 그렇게 이루어질

무디 블루스

것입니다 / 내 마음의 평화를 찾을 수 있다는 것을 알기에 / 언젠가……

노래가 끝난 후에 내가 가야 할 길, 내가 지나온 길을 바라본다. '저 너머'에는 무엇이 존재할까. 가야 할 길과 지나온 길이 갈라지는 지금 내게는 "날아간 제비와 같이 자국도 꿈도 없이 / 어디로인지 알 수 없으나 / 어디로이든 가야 할 반역의 정신"이 필요하다. "나는 지금 산정에

있다— / (……) / 이 메마른 산정에서 오랫동안 꿈도 없이 바라보아야 할 구름"이 눈앞에 펼쳐져 있다. 이것이 내가 생각하는 시이고, 음악이고, 예술이다. 모든 것이 변전한다. 멈추지 않는 자만이 지평선 너머에 도달할 수 있다. 지금 내가 바라보는 지평선 너머에서 몰려드는 구름. "그리고 그 구름의 파수병인 나"(김수영, 「구름의 파수병」)에게 새로운 세계가 펼쳐질까. 새로운 세계에 닿기 위하여, "오늘과 내일의 차이를 정시하기 위하여," "타락한 오늘을 위하여," 나는 "〈오늘〉보다 더 깊이 떨어져야 할 것이다."(김수영, 「바뀌어진 지평선」)

다시 만날 그날까지.

박길라의 「나무와 새」 그리고 Jeff Buckley의 「Hallelujah」

박길라는 이 노래를 부른 후에 죽었다. 그것이 자살이든 아니든 노래에 스며든 죽음의 냄새를 맡는 순간 내게 떠오르는 흰 목련. 그녀는 봄꽃을 닮았다. 노래 속에서 피어나는 꽃. 그런데 이상하다. 모든 봄꽃이 잿빛이다.

진달래가 곱게 피던 날 / 내 곁에 날아오더니 / 작은 날개 가만히 접어서 / 내 마음에 꿈을 주었죠 / 이젠 서로 정이 들어서 / 떨어져 살 수 없을 때 / 외로움을 가슴에 안은 채 / 우린 서로 남이 된 거죠 / (……) / 신록이 푸르던 날도 / 어느덧 다 지나가고 / 내 모습은 이렇게 / 내 모습은 이렇게 / 야위어만 가고 있어요 / 내 마음은 이렇게 / 내 마음은 이렇게 / 병이 들어 가고 있어요 / 아픈 마음 달래가면서 / 난 누굴 기다리나요 / 하염없이 눈물이 자꾸만 / 잎새 되어 떨어지는데 / 하염없이 눈물이 자꾸만 / 잎새 되어 떨어지는데

—「나무와 새」 부분

'나' 와 '당신' 의 만남과 이별이 나무와 새의 그것으로 환치되었다. 이건우가 만든 노랫말은 어렵지 않다. 자칫 통속에 떨어지기 쉬운 이 가사에 시적인 정취를 부여하는 것은 박길라의 목소리이다. 그녀는 잎새가 되어 떨어져 내릴 것 같다. 눈물이 되어 땅바닥으로 흘러내릴 것 같다. 맑고 높은 박길라의 목소리는 가늘게 떨린다. 자신이 지닌 슬픔을 애써 감추려 하지만 손끝에 맺힌 핏방울처럼 내비칠 수밖에 없는 절망의 몸짓. 안으로 삭이고 삭여 잿빛으로 변한 서러움을 듣는 듯하다. 그녀의 목소리는 "내 마음은 이렇게 병이 들어 가고 있어요, 내 모습은 이렇게 야위어만 가고 있어요"에서 절정으로 치닫는다. 나는 그녀를 떠나보낼 수 없다. 만개하지 못하고 꺾인 그녀는 피를 머금은 자목련 같다.

자살한 가수들. 그 어리석고, 무참한 우연을 끊어내기 위해 내게 필요한 것은 용서가 아니다. 내 영혼의 타살이 아니다. 견뎌내야 한다. 그들은 운명 같은 행운, 행운 같은 운명을 기다리지 않았다. 나는 기다릴 것이다. 생각은 사라지고, 시간은 분절되고, 바람은 차다. 박길라의 노래에는 차가운 불이 들어 있다. 저 푸른 난로의 불, 불의 소리, 불의 호흡 소리, 석유가 불이 되는 순간의 비명, 소리에 갇혀서 나는 천천히 음파가 되고 있다. 전달되지 않는 파동에 불과한 것이다. 그녀의 노래를 들으면서 어떤 환상을 본다.

그대 내 사랑, 나는 전에 이곳에 있었어요 / 그때도 이 방을 보았고 이 마루를 걸어다녔어요 / 당신을 알기 전까지 혼자 살았어요 / 그리고 대리석 아치 위에 꽂힌 당신의 깃발을 보았어요 / 그리고 사랑은 결코 승전 기념 퍼레이드가 아니에요 / 너무 싸늘해요 깨진 할렐루야뿐이에요 / 할렐루야 할렐루야 할렐루야 할렐루야 / 발 밑에서 무슨 일이 일어나고 있는지 / 언젠가 당신이 나에게 알려줬던 때도 있었지요 / 그런데 지금 당신은 나에게 그런 모습을 절대로 보여주지 않네요, 그렇죠」 / 하지만 잊지 마세요 내

가 당신 속으로 들어갔을 때를 / 그리고 저 성령의 비둘기도 같이 들어갔
다는 것을 / 그리고 우리가 함께한 그 호흡은 모두 할렐루야였다는 것을 /
할렐루야 할렐루야 할렐루야 할렐루야 / 그래요 아마도 저 위에 하나님이
계실지도 모르지요 / 하지만 내가 사랑에서 배운 모든 것은 / 오직 내게서
너무 많은 것들을 실토하게 한 사람을 쏴버리는 방법뿐 / 그리고 당신이
들은 소리는 울음이 아니에요 / 그것은 빛을 본 어떤 사람도 아니에요 / 그
저 싸늘하고 망가진 할렐루야일 뿐이에요 / 할렐루야 할렐루야 할렐루야
할렐루야

—「Hallelujah」 부분

캐나다의 시인이자 소설가이자 가수인 레코드 코언이 작사한 이 노래
를 부르는 제프 벅클리의 곡성哭聲은 할 말을 없앤다. 죽음을 부르는 그
의 목소리 앞에서 나는 처참해진다. 1966년에 태어나 1997년 그의 아버
지가 자살한 곳에서 아버지와 같은 나이에 투신하여 세상을 떠난 제프.
영혼을 흔드는 그의 목소리는 코언의 가사보다, 우리의 시보다 위대하
다. 시가 무력해지는 순간을 경험한다. 나는 그의 기원을 들으며 그 어느
날을 떠올린다.

새들은 날아가고, 바다는 바닥이 드러났다. 강화도의 갯벌은 바다와
해를 집어 삼키고, 사막 같았고, 부드러운 살결처럼 내 앞에 펼쳐져 있
다. 숙취가 심했지만 담배를 피우며 심수봉을 들으며 시간을 보냈다. 어
쩌면 아슬아슬하게 줄을 타고 있는지도 모르겠다. 언제 추락할지 모른
다. 이빨을 드러낸 햇빛이 으르렁거렸다. 조금씩 타 들어오는 밧줄. 누군
가를 안고 싶었다. 잔혹하게 느린 일몰이었다. 정해진 대로 걸어가는 길
이었다. 해가 나의 그림자를 멀리 튕겨냈다. 눈동자에 태양이 가득했다.
목에 밧줄을 걸고 마지막 생의 길을 걸어가는 듯했다. 당신과 함께 걸었
다. 외투의, 당신의 모자를 빼내며 나는 조금 웃었다. 추워서 나는 조금

경직되었다. 아직 겨울이었다. 2월의 바다는 바람의 왕국이었다. 소금과 눈과 얼음이 함께 춤추고 있었다. 북극에서는 눈물이 떨어지기 무섭게 얼음 알갱이가 될까. 그대로 얼음 기둥이 되는 것이다. 석양을 흡수해서 붉은 막대가 되는 것이다. '나' 라는 붉은 등대. 해의 반대편에 달이 뜨고 있었다. 보름이 가까웠다. 뜨는 달과 지는 태양 사이에서 우리들은 야위어 간다. 점점 가벼워진다. 비산飛散하는 얼음 파편. 인천 공항에서 비행기들이 이륙했고, 머리 위에서 큰 호를 그리며 왼쪽으로 회전했다. 떠나는 일, 박차고 오르는 일의 두려움은 감지되지 않았다. 기러기 떼가 북서쪽으로 진로를 바꾸었다. 겨드랑이와 사타구니가 간지럽다. 조금 더 걸어야 한다. 조금 더 견뎌야 한다.

석아, 너만이 당신에 대한 나의 사랑을 알겠지. 너 이후의 사랑. 내가 기억하는 사랑의 이미지와 죽음. 한 가수의 생과 사에는 흔적이 없다. 무엇을 했는지, 무엇을 할 것인지 분간되지 않는다. 앨범을 펼친다. 그 모든 것이 나의 흔적이지만 나는 나를 믿지 않는다. 나를 쳐다보지 못한다. 두려움이다. 앨범 속에는 돌아가신 아버지의 이미지, 살아 움직여서 여전히 나를 밀고 들어오는 낯설고 두려운 이미지들이 으르렁거린다. 물린 목덜미가 서늘하다. 할렐루야! 나는 어느덧 너에게 나를 의탁한다. 그는 지금 울지 않으려고 애쓴다.

모두가 나에게 적이 되는 순간이 찾아온다. 그때 아름다움은 마멸된다. 나는 쉽게 떠날 수 있다. 돌아오지 않아야 한다. 돌아올 수 없어야 떠날 자격이 있다. 모두가 나를 알고 있다는 느낌이 든다. 지금 들리는 노래는 실재가 아닐지도…… 그대 거기 있는가. 그대는 왜 노래를 부르는가. 나는 왜 내 안에서 굶주리는가. 눌어붙어 나를 흡착하는 당신. 아름다운 당신의 최후……

Camel의 『Harbour of Tears』

영국이 자랑하는 아티스트 Andrew Latimer가 결성한 아트 락 밴드 Camel. 아일랜드 출신의 그는 아버지와 할아버지 세대의 유민사流民史를 기억하기 위해 앨범 『Harbour Of Tears』를 발표한다. 그는 이 앨범에서 가라앉은 목소리로, 아일랜드 풍의 민속음악으로, 죽은 조상들을 회억한다.

> 그럼 안녕 애야, 나를 기억해라…… / 눈물의 항구에서 시작된 항해 / 나는 내 아버지가 부르는 소리를 들을 수 있어요 / "굿스피드, 내 아들아 / 네가 어디를 간다 해도" / 부두를 내려오는 그는 너무 작게 보였어요 / 내가 생각하는 그를 절대로 알 수 없을 거예요
>
> — 「Harbour Of Tears」 부분

> 아이야 들어라, 나의 할머니가 말씀하시기를 / 내가 이야기를 해줄게 그리고 침대로 가서 잠들거라 / 먼 옛날, 우리는 그 땅을 떠났어 / 추수철이 돌아왔고 우리는 모두 땅을 빌렸지 / 그러나 바람이 우리의 삶과 씨앗을 날려버렸다 / 풍경을 바꾸었어, 꽃에서 잡초로 / 가족들이 사라져간 포도밭을 본다 / 그들을 데려간 그 넓은 묘비……
>
> — 「Eyes Of Ireland」 부분

그대로부터 나에게로, 그대에게서 너에게로, 나에게서 그대에게로 움직이는 언어들을 볼 수 있다. 앤드류의 목소리는 움직이고, 맑은 기타는 머리카락처럼 늘어지고. 가볍게 응축되었다가 사라지는 음파들을 나는 읽어나간다. 그러니까 그대는 움직이지 않을 것이다. 그러니까 그대는 얼굴을 들지 않은 것이다. 어둠 속으로 그대가 멀어진다. 그대의 윤곽을

내가 먹었다. 기타가 조금 더 높은 곳으로 올라간다. 항구의 파도가 들썩인다. 아버지를 실은 배가 수평선을 향해 나아간다. 그대는 어디에서 시작된 움직임인가. 그대는 긴 꼬리별처럼 떠나간 나의 아버지.

당신과 나의 자리를 바꾼다. 당신과 나의 이름은 필요 없다. 그곳에서 이곳으로 바람이 불어온다. 당신의 날숨. 지연되는, 차연되는 당신이라고 부르자. 나는 전심전력으로 후퇴하기 위해, 죽음을 불태우는 사랑을 위해, 이루어질 것이라고 마취 걸면서, 내 생의 불꽃을 지피는 죽음 같은 음악 하나를 위해 다시 눈물로 귀의할 수 있으리라 믿으면서, 한 천년을 울면서 나는 야위어 갈 거예요. 다시는 돌아가지 않을 거예요.

이것은 이상한 배반. 언덕 위에서, 바다 위에서, 달빛이 차오른 주머니를 뒤진다. 나는 지금, 배고프다. 석아, 우리는 이제 지치도록 노래를 부르자. 우리는 멈춰, 그대로 멈춰, 과거로 돌아가지 말자.

Steel Heart의 「She's Gone」과 Jeff Buckley의 「Lilac Wine」

오래 전에 개그맨 김진수와 이윤석이 립 싱크로 부른 노래. '허리케인 블루'라고 불렸던 듀오의 입만 벙긋거리는 노래를 들으면서 깔깔대던 때가 떠오른다. 사실 보통 사람이 스틸 하트의 '쉬즈 곤'을 따라부르기는 거의 불가능하다. 틀어놓은 노래에 입을 맞추고 싶어지는 고음역의 노래.

후배 박강은 절대 고음으로 이루어진 또다른 노래 Judas Priest의 「Painkiller」를 일 년에 딱 한 번 부르겠다고 선언했다. 머리통이 갈라질 것 같은 고음으로 우리의 귀를 유린하는 1950년생 롭 핼포드. 핼포드 옹께서는 아직 강령하시다. 박강은 옹의 가죽바지를 부러워했다. 노래 후에 박강은 진통제(painkiller)를 먹어야 한다고 너스레를 떤다. 그는 헤드뱅잉 때문에 목뼈에 금이 갔을지도 모른다. 진통제를 한 알 더 먹어야 한다. 선언은 거두어졌다. 박강이 「Metal Melt Down」을 부른다. 우리는 허벅지와 봉걸레를 기타 삼아 집단 가무를 실시. 검정 비닐 봉지를 머리에 쓰고 헤벌쭉 웃는다. 펄쩍펄쩍 발을 굴러 날아오르려 한다. 한 발 앞의 허공으로. 식지 않은 박강이 폐포가 터져도 좋다며 '떠나간 그녀'를 부른다.

4옥타브를 넘는 마이클 마티예비치의 음역 역시 광폭廣幅이다. 그는 핸포드보다 얇고 가볍다. 더 울음에 가깝다. 이별한 남자의 피맺힌 절규. 용서를 갈구하는 한 남자의 자폭할 듯한 발라드를 듣는다.

그녀는 내 삶의 밖으로 떠났습니다 / 내 잘못이었고, 나는 비난받아야 합니다 / 나는 정말 진실되지 못했습니다 / 그녀의 사랑 없이는 살 수 없습니다 / 내 삶은 텅 비어버렸습니다 / 모든 꿈을 잃었습니다 / 나는 쇠약해지고 있습니다 / 그대여 날 용서해주세요

사랑에 실패했다는 것은 죄이다. 그녀에게 벌을 받아야 한다. 사랑 없이 살 수 있는 사람, 행복할 것이다. 고통에 빠진 이 남자의 앞날을 예측할 수 없다. 떠나버린 그녀를 기다리며 기다리며 기다리며 '나'는 천천히 모래가 될 것이다. 품으로 돌아오라고 애원하지만, 그녀는 돌아오지 않을 것이다. '나'는 그녀에게 용서를 구해야 한다. '나'를 구해줄 유일한 존재는 그녀. 여기에 떠나간 그녀를 그리며 술에 취해 울고 있는 남자가 있다.

차갑고 축축한 밤에 넋을 놓았네 / 그 신비로운 불빛에 내 몸을 던져넣었네 / 묘한 쾌감에 최면이라도 걸린 듯 / 라일락 나무 아래서 / 라일락 와인을 만들면서 / 내 마음도 쓸어 넣었네 / 무엇이 보고 싶고 되고 싶은지 깨달았네 / 많은 상념에 사로잡힐 때 / 난 해선 안 될 일들을 하곤 하네 /

주량을 훨씬 넘긴 채 / 와인을 들이키고 있네, 술에 취하면 / 당신에게 돌아갈 수 있을 테니까 / 라일락 와인은 달콤하고 / 나를 흥분시키네, 내 사랑처럼 / 내 말을 들어봐요 / 내 눈은 흐려지고 있어요 / 여기 곁으로 오는 사람이 그녀인가요 / 라일락 와인은 달콤하고, 나를 흥분시켜요 / 내 사랑은 어디 있나요 / 라일락 와인은 나를 불안하게 해요 / 내 사랑은 어디 있나요 / 왜 모든 것이 희미해져 가는 거죠 / 그녀가 아닌가요, 아니면 / 내가 미쳐가고 있는 걸까요 / 라일락 와인, 아직 난 / 내 사랑을 위한 준비를 못하고 있는데

사랑의 실패 때문에 술에 취하고 혼몽에 젖은 남자의 울음 앞에서 나는 할 말이 없다. 제프 벅클리의 목소리는 조용하고 느리게 스며든다. 라일락 와인처럼 천천히 삼투된다. 나는 한 편의 시를 읽는다. 나는 한 장의 메모장이 된다. 나는 그녀에게 가 닿기 위해 한 잔의 와인이 된다. 나는 사랑할 준비가 되었는데, 나에게는 사랑할 사람이 없다. 할 수 있는 일은 술에 취해 '당신'에게 돌아가는 것뿐. 지금 여기 내 곁으로 오는 사람이 당신인가요?

나는 누구의 얼굴을 본 것일까. 당신이 날 붙잡았는가. 좀더 가까이 와요.

그대가 살고 있는 꾸는 꿈의 이면에 햇살이 혜살거리네 우리는 새로워질 것이네 나는 어둠을 모르고 꿈도 모르고 불어오는 바람의 틈새도 모르고 점점 동그라미가 되네 나의 낮잠을 데우던 비닐 같은 햇빛이 조금 물러서네 나는 잠으로 돌아갈 것이네 다시는 잠에서 깨어나지 않을 것이네 햇빛이 몸 안에서 꿈틀대네 오래전 나의 성난 얼굴로 돌아가네 높낮이를 모르고 물러선 햇빛 쪽으로 손을 뻗네 꿈틀거리네 어린 내가 손을 내미네 나의 손끝에서 반짝거리는 당신은…… 나의 잠 속으로……

내 마음속에는 나를 나이게 하는 다른 나가 살고 있지. 나는 아직 당신을 부르지 않았는데, 당신은 벌써 나를 잊은 것인가. 왜 당신은 그곳에서 흐르는 바람인 듯 나를 바라보는가. 왜 나는 당신을 그리며, 울며, 노래를 부르는가. 내 마음에는 믿음이 없는데, 내게는 상심조차 남아 있지 않은데, 나는 멈춤없이 타오르는 불꽃처럼 당신의 얼굴에 붉은 흔적이 되고 있는데, 나는 지금 무엇을 하는 것인가. 나는 지금 누구인가. 당신과 나를 분간할 수 없다.

Uriah Heep의「July Morning」

나의 7월은 이렇게 시작되었다. 짐승의 시간이었다.

7월의 아침에 나는 사랑을 찾기 위해 여기에 있어요 / 새 날의 새벽과 아름다운 태양의 힘을 받고 있어요 / 나는 새의 노래를 들으며 집을 떠났어요 / 내가 가야 할 길 그리고 내 뒤의 어둠과 폭풍 / 결행의 날이에요 / 나는 당신을 찾아갈 거예요

7월의 아침에 비가 내린다. 참 이상한 삶이다. 나는 마치 적들을 위해 존재하는 것 같다. 비 속의 고요. 나는 그를 기다린다. 아버지는 휙 날아가셨다. 나는 정오를 기다린다. 정오가 되면 무엇인가 벌어질 것이다. 그때 나는 전 우주적 긴장에 젖어 오줌을 지릴지도 모른다. 죽어가는 자의 마지막 발기와 사정, 교수형의 그 순간처럼 나는 황홀에 젖을지도 모른다. 나는 지금 흘러가기를 간절히 염원한다. 갇힌 듯하다.
　무엇이 잘못되었을까? 무엇을 잘못한 것일까?
　지금까지의 '나'는 철저히 잘못되었다.
　비는 내리는데, 비는 나를 적시는데, 나는 두렵고, 나는 아득하고, 나

는 어둡고, 나는 절망에 거듭 빨려든다. 사람을, 사랑을 저주한다. 할 수 있는 것이 전혀 없다. 노래를 잃고, 상처입고, 죽음 앞에 서 있는, 철창에 갇힌 아기 반달곰처럼…… 비와 눈물.

모든 것을 잃어버릴 것 같다. 지워질 것 같다. 누구일까? 누가 나를…… 저 텅 빈 마당으로 나는 녹아 흘러간다.

지상의 소음이 번성하는 날은
하늘의 소음도 번쩍인다
여름은 이래서 좋고 여름밤은
이래서 더욱 좋다

소음에 시달린 마당 한구석에
철 늦게 핀 여름 장미의 흰구름
소나기가 지나고 바람이 불듯
하더니 또 안 불고
소음은 더욱 번성해진다

사람이 사람을 아끼는 날
소음이 더욱 번성하다 남은 날
사람이 사람을 사랑하던 날
소음이 더욱 번성하기 전 날
우리는 언제나 소음의 2층

땅의 2층이 하늘인 것처럼
이렇게 人情의 하늘이 가까워진
일이 없다 남을 불쌍히 생각함은

나를 불쌍히 생각함이라

나와 또 나의 아들까지도

— 김수영, 「여름 밤」 부분

나는 김수영의 이마에 돋은 힘줄을 본 듯하다. 불에 데인 듯하다. 그에
게 다시 붙들리고 말았다. "사람이 사람을 아끼는 날"과 소음이 번성하
는 날 사이의 관계에 대해 그에게 묻고 싶어진다. 석아, 너는 사람이 사
람을 사랑하는 일이 얼마나 불가사의한지 알고 있니? 사람이 사람을 미
워하는 일은 또 얼마나 신비한지 알고 있는 것이니? 7월의 아침, 나는 짐
승의 분비물처럼……

입추立秋. 헤어지기 좋은 날이다. 비가 내린다. 친구를 만나 술 한잔 나
누면 좋을 날이다. 석아, 우리는 아주 오래 전에 헤어졌다. 오늘 나는 젖
을지도 모른다. 비가 쏟아지기 때문이다. 정오를 넘긴 시간. 아기와 아내
는 저쪽에 누워 있고, 나는 노래를 쓴다. 한가한 오후이다. 적을 찾아내
기 위해 나갈 시간이다. 슬픔의 무게를 잴 수 없다.

소나기 후 환한 8월의 마당에서, 습관적인 고백과 끝없는 협박 끝에 나
는 죽은 것처럼 편안하다. 이해할 수 없는 것은 사랑뿐이 아니다.

허리 굽힌 날 덮쳐오는 하늘. 무너지려면 흔적 없이 뭉개다오. 너의 몸
때문에, 단내 나는 기억 때문에, 무릎 꿇는 8월 한낮. 암모니아 같은 오르
가즘 후에도 각성이 없다.

하늘거리는 코스모스와 완벽하게 흔들리는 우주와 나를 속여온 적들의
창공. 잊혀진 사랑보다 그것을 잊은 내가 더 서러워서 꽃처럼 웃는다.

빨래줄에 참새가 앉아 있는데, 빨래줄 한 끝이 목구멍 속으로 들어온다.
내 몸을 뒤집어 널어라.

마당에 내려 앉은 침묵과 적의. 나에게는 안식이 필요하다. 구멍 밖으로 내가 빨려 나간다.

Slayer의 「Raining Blood」

아무도 나를 읽지 않지요. 나는 아무도 믿지 않지요. 내가 나를 지우기 위해 실행하는 처단. 나는 늘 나를 자동기술해요. 나는 기술자이지요. 대야미를 폭파하고 싶어요. 이 여름을 진공청소기로 흡입하고 싶어요. 내가 있었던 모든 곳, 모든 시간을 파괴하고 싶어요. 사랑 후에 찾아오는 초라함이 두려워요. 그건 공포예요. 타자들이 나를 거세해요. 적들이 나를 살해했어요. 나를 사랑하는 자는 나뿐. 적들은 나를 지목했을뿐. They are so beautiful.

먼 나라에서 온 당신. 나를 위로한다구요? 약이나 주세요. 사랑이라구요? 개나 잡아먹으세요. 절단시켜드릴게요. 물론 나부터 잘라 가지세요. 나는 나뭇잎이고, 흙가루이고, 벗어놓은 스타킹이니까요. 제발 나를 가지세요. Hate is so beautiful and so pure. I hate all of you.

만약 당신, 영혼의 평화를 위해 날 죽이는 것이 필요하다면, 그렇게 하세요. 쇼를 시작하세요.[2]

학살자들이 달려온다. 피로 지배하고, 피로 증명하고, 피로 결의한다.

나는 이 파괴를 좋아한다. 저 밖의 우울과 절망과 피로와 적의를 위로해주는 이 극단의 외침을, 비명을 사랑한다. 슬레이어의 도끼를 그들에게!

하늘이 붉게 물들고 / 힘을 내게로 돌려놓으면 / 하늘은 피눈물을 흘리

---

2) Accept, 「Death Row」 부분.

며 / 돌처럼 굳은 질서를 파괴한다 / 바닥에서부터 꿰뚫리며 수많은 자들에게 배반당했던 나의 불운한 혼 위로 / 광채가 떨어진다 / 복수의 그때를 향해 너의 시간은 흘러간다 / 찢긴 하늘에서 / 가혹한 공포를 더하며 / 내 조직을 생성시키며 / 피의 비가 내린다 / 지금 나는 피로 지배하리라

피의 비. 영화『블레이드』첫 번째 작품에서 나온 피의 비. 뱀파이어의 댄스 파티. 샤워기에서 뿜어지는 피에 젖어 전율하던 뱀파이어들. 피의 비. 당신의 피로 이루어진 역사. 나의 피로 얼룩진 8월.

희망이 괴멸되는 순간을 나는 지나온 것 같다. 적의와 증오는 비애로 바뀌지 않는다. 비애는 나를 비껴갔다. 나는 우연처럼 거기 서 있었다. 그날이 영구적인 죽음으로 화학변화되기를 기원한다. 그것은 현실이 아니었다. 당신은 그것을 모른다. 다시는 돌아갈 수 없다.

석아, 이들의 노래를 들으면서 나는 위안받는다. 나는 평화를 얻는다. 적들이 나를 포위했다. 그들은 내가 죽기를 바란다. 머리 껍질을 벗기려 한다. 나는 피의 비를 기다린다.

사랑은 멀어지고, 당신은 점점 야위고…… 무엇을 해야 하는 것일까.

그대는 사라지지 말아라. 그대는 없어지지 말아라. 그대는 사랑을 구걸하지 말아라. 어떻게든 살아가야 하는 것이다. 살아남아야 하는 것이다. 나는 사랑을 알고 있을까. 나는 노래를 부를 줄 아는 것일까. 어떻게 살아가는 것인가. 그대는 멈춰서 조금 후에 노래를 잊어라. 짖어라. 물어뜯어라.

이것은 사랑이 아니다. 이것은 죽음 앞에서 느끼는 절망이다. 석아, 너와 술 한잔 마시고 싶다. 아니 깊게 깊게 내려가고 싶다. 피의 비를 맞으며, 피의 비를 기다리며……

석아, 오늘은 지나가는 꿈. 미래가 매일 매일 소멸된다. 우리는 더 밝

아지겠지, 세계는 오늘밤 나를 위해 음악을 연주하겠지. 이것은 사라지는 음악. 이것은 부푸는 소음. 석아, 우리는 더욱 밝아지겠지. 저녁에 우리는 더욱 부드럽고 깊어지겠지. 이제 사랑을 살해할 시간. 나는 통증에 물려 있다. 살아 있는 사람이, 살아 있다는 것이 무섭다. 구름은 모였다 흩어졌다. 바람이 불었다. 사랑을 믿고 사람을 믿었기 때문에, 사람 위의 햇빛 때문에 흔들린다. 증오가 나를 움직이게 한다. 살아 움직이는 모든 것이 두렵다. 나는 잠시 죽어 있었다.

마지막 신청곡, Klaatu의 「December Dream」

저녁 적조사寂照寺의 불빛.

12월엔 꿈을 꾸리라. 내가 얼마나 당신을 사랑하는지…… 울지 말아요, 가장 어두운 악몽이라 해도, 우리는 사랑을 피할 수 없어요, 12월에는 꿈을 꿔요, 날 혼자 두지 마세요, 내가 당신을 얼마나 사랑하는지…… 나에게 모든 사랑을 보여주신……

우리 결코, 음악이 되자

2010년 5월 18일 초판 1쇄 인쇄
2010년 5월 27일 초판 1쇄 발행

지은이 | 장석원
펴낸이 | 孫貞順
펴낸곳 | 도서출판 작가
　　　　서울 서대문구 북아현3동 1-1278 (우120-866)
　　　　전화 | 365-8111~2 팩스 | 365-8110
　　　　이메일 | morebook@morebook.co.kr
　　　　홈페이지 | www.morebook.co.kr
　　　　등록번호 | 제13-630호(2000.2.9.)

편집 | 김이하 조랑
디자인 | 오경은
영업 | 손원대 설동근
관리 | 이용승

ISBN 978-89-89251-98-9

* 잘못된 책은 구입하신 서점에서 바꾸어 드립니다.
* 지은이와의 협의 하에 인지를 붙이지 않습니다.

값 10,000원